蛍日和

小谷野敦小説集

幻戯書房

contents

装丁　佐藤絵依子
写真　紘志多求知

蛍日和

小谷野敦小説集

蛍日和

1

なんとか二度目の結婚をして東京のここ平田山に越してくるまでは、東へ二駅の永楽町に住んでいた。駅から南側へ歩いて十五分もかからない、小さなアパートで、一階で庭もあった。その前に大阪に五年いた時は、狭いマンションの五階に住んでいて、閉所恐怖症がひどくなったので、家賃が安くても狭いところは避けるようにしていたのだが、その時そこを選んだのは、もう二階以上には住みたくないと思ったからである。

それにしても、計算してみると、永楽町にいたのは四年四か月で、平田山に来てからはもう十三年がたとうとしている。これはちょっと信じがたく、永楽町にはもっと長くいた気がするのだが、それは単に歳をとると時間の流れが速くなるからというだけではなく、その時代の私が、ある意味で波瀾万丈だったからだろう。

永楽町に越す前、私は大阪から戻ってきて、二年ほど三鷹に住んでいた。大阪から帰ってきて、元の同僚と結婚したのだが、この女性は五歳年上で、一人娘であり、父親が結婚に反対するというより、彼女が姓を変えることに反対したらしい。らしいというのはそこがうやむやになってしまったからで、彼女は、結納が済んだあと、不安だから入籍は半年待ってほしいと言ったのだが、半年たっても籍は入れず、そのくせ四十を越してせっせと不妊治療に励んでいた。これは、入籍しないまま子供ができたらあちらの姓になるから、そのまま通してしまおうという父親の陰謀だったに違いないのである。しかも遠距離結婚で、私と彼女は東京と大阪を行き来していたが、二年半たって限界を感じた私が別れを言い出すと、彼女は修羅と化した。

永楽町での生活は、私がちょうど四十になるころ、そんな風雲の中で始まったが、一人身に戻って、駅から歩いて行けるアパートの、外からすぐのドアのついた台所と二間の、今でも懐かしい住まいで、二〇〇二年の暮れから始まったのであった。大阪でマンションの五階の狭い部屋に住んで閉所恐怖症を悪化させたから、ぜひとも今度は庭のあるような一階に住みたいと思ってい た念願がかなったのであった。ちょうど丸川学藝賞という、今日まで私がもらった唯一の賞をもらったところで、二つの大学で週二回非常勤講師をして、書く仕事もちょうどよくあって、いい時代だった。月に一度か二度は、埼玉県の実家へ帰って、母の手作り料理を楽しむのだが、父親とは調子が合わず、二泊もすると耐えられなくなって東京へ帰ってきた。

だが一年半もすると、性的な渇きを覚えて、大久保駅前にある熟女ヘルスへ行くようになったりして、やはりちゃんともういっぺん結婚したいと思うようになり、女性編集者や大学院生に当ってみたのだが玉砕し、出会い系をやるようになり、何人かと会ったりセックスしたり、怖い思いをしたりして、二年ほどが過ぎた。

二〇〇六年に、もうちょっとで結婚しそうになった人と別れて、これはいかんなあ、という秋を迎えたころ、母が肺がんになり、困ったことになった。築地のがんセンターで治療をさせていたころ、「ベリアル」という名前でやっているブログに、私の著書への言及があったので、コメントをつけたら、ちょっとしたやりとりが始まった。そのうち、ブログ主が若い女性で、東大の大学院生らしいということが分かった。彼女は、足のデトックスの店へ行ったら、足から泥水みたいなものが出て来た、と報告していたから、ちょっと調べたら、それは有名なインチキであることが分かったから、そうコメントしたら、「あの店へ行って文句を言うか……」などと答えていて、かわいらしい、と好感を持った。私は、このまだ見ぬ女性に軽く恋してさえいた。

それでも、こんなネットでのやりとりははかないもので、私はさほど何かを期待していたわけではなかった。ところが、ちょっとしたやりとりから、私が書いた谷崎潤一郎の伝記を上げる、ということになり、本郷の東大前のルオーという喫茶店で会うことになったのである。三月十六日のことだった。その前年、私は初めて『文藝界』に私小説を発表したのだが、次に発表したのとあわせて単行本にしてくれるものと思っていたら、モデル問題で法務部が反対しているというのでお流れになり、嘆いて、新書などを出していた別の出版社に交渉したら出してくれることになりそうで、ほっとしていた時だった。

もっとも、この「蒔田蛍」という東大院生は、美術史が専門だったが、どういう顔なのか分か

らない。私は、

（ブスなんじゃないか）

という恐れにとらえられた。まことに図々しい話である。許しがたい、と言われても仕方がない。しかし、私はその当日早めに東大へ行き、図書館で、卒業アルバムを見て確認しようとしたのである。ところが時代は個人情報保護になっていたから、昔のようにおいそれと卒業アルバムなど見られず、特別室で、館員が持ってきた中から探したのだが、その子の写真は見つからなかった。

少し不安を抱いてルオーの二階へ行くと、彼女はまだ来ていないようで、私は奥を向いて座っていた。すると指定の時間に階段を上がってきたのは、色の黒くて小柄な、蒼井優みたいなかわいらしい女の子だったから、私はほっと安心した。

これはあとで聞いたのだが、彼女が東大へ入ったのは二〇〇二年で、その年の冬に私が学科の先輩らと駒場キャンパスでやった「恋愛シンポジウム」に出席した時、彼女も来ていて、私が最初に出した本も読んでいて、つまり私の読者だったわけで、そのせいか話は尽きることがなかった。私が大学一年の時、同じクラスに愛知県から来たTさんという女子がいて、私と親しく、ちょっと好きだったのだが、蛍はそのTさんと同じ県立高校の出身だった。父親が高校の国語教員だったというのはブログで読んで知っていたが、蛍という名前は『源氏物語』の巻の名からとったのだという。しかるに一年前にその父親が脳梗塞で倒れて教員を辞職し、学費が足りなくなると思った蛍は、マンションをやめて東大の三鷹寮に移り、今もそこに住んでいるという。これは貧しい東大生が入るところで、部屋も狭いし、電気はプリペイド方式で、カードの残額が足りなくなると管理人のところへ行って補充してもらうのだという。

ところが蛍は、入寮当初、勘違いして東京電力あてに申し込みの書類を書いて出してしまい、半年くらい過ぎておかしいことに気づいたが、部屋番号を間違えていて、隣の部屋のルーマニア人留学生の電気代を払っていたのだという。しかもそのことに気づいた時、まっさきに考えたのが、ルーマニア語を勉強しなければ、ということで、そのために三鷹市立図書館へ行って『エクスプレス・ルーマニア語』を借りて来ようとしたというからおかしい。結局管理人に申し出て、それまで無意味に支払っていた電気代は返ってくることになったのだが、東電が返すのではなく、東大の予算から出るカネだったから、東大教授が会議を開き、彼女は始末書を書かされたという。

ほかにもおかしな逸話があって、大学の事務室へ行って、持って行ってはいけない新年度のシラバスをこっそり持ってこようとしてカバンに入れたが、監視カメラがあることに気づいて戻した。だがどういうわけか結局持ってきてしまい、頭の中で「破めつだ」と思ったという。なんで「めつ」が平仮名なのかというと、混乱していて滅の字が思い出せなかったからだという。

当時修士課程の一年で、今度二年になり、年は私の二十一歳下の二十三歳で、その年にしては教養があるし頭もいい、文学などもよく読んでいる、いいなあとは思ったが、まさかそんな人が結婚してくれるとは思わない。夕暮れどきになって一緒に店を出て本郷三丁目の駅へ向かったが、ここから左手へずっと行くと「江知勝」という昔からあるすき焼き屋があるから、今度連れて行ってあげる、などと言いつつ、いつの間にか夕飯を一緒に食べることになり、下北沢へ行って料理屋へ入り、また話が弾んだ。私は酒を飲まないが彼女も飲まないそうで、のちに知ったのだが彼女の家族はみなよくしゃべるので、相手が黙るのを待っていたら言い損ねてしまうから、さえぎってでも話さないといけないそうである。

その日はそれで別れて、それから私は、新幹線から特急まで全面禁煙にしたJR東日本を訴えたり、池袋で上演されていたギルバート&サリヴァンの「ミカド」を編集者と観に行ったり、あとから考えると充実した日々を過ごしつつ、蛍ともあれこれメールしていた。ところが、会ってから十日後の二十六日、私としては何ということのないメールのやりとりのつもりだったのが、夜になって蛍から電話がかかってきた。私は携帯電話を出会い系のメール以外に使っていなかったので、固定電話である。とると驚いたことに蛍は泣き声で、私にすまないことをした、と言うのである。その時、「彼氏がいる」といったことを口走ったような気がする。実際そうかもしれないが、私は内心で、彼氏と二人で私をからかって笑いものにしていた、ということを考えた。ああそうか、と私は思った。こんな若くてかわいくていい子が私なんぞを本気で相手にしていたはずもない、と内心に自嘲し、胸がすうっと冷たくなったのを覚えている。

ところが蛍は、翌日直接私の家までお詫びに行きたい、と言うのである。はてな？　と私は思った。話したいことがある、と言うのである。

「それは、聞いたら私にとってどういうことになるんですか」

「いえ……それは、納得してもらえるかもしれないし、迷惑かもしれないです……」

あるいは、とは思ったが、翌朝十時に、永楽町の駅まで迎えに行くことにして電話を切った。

翌日の昼前、私の部屋の台所の椅子に座って、蛍と向かい合っていたが、蛍は何やら、メールを見て私が怒っていると思い、パニックになって電話してきたらしかった。しかるに、会話はもう十五分もあらぬところをさ迷っていた。私は仕方なく、自分はブログを見てまだ見ぬ恋をしていた、と言った。

このあとで彼女が書いた手記を見たら、これを聞いて、ああこれは言わなければならない、と思ったというのだが、正確にどういうやりとりがあったのかは忘れたが、私が「結婚してください」といきなり言い、承知されたのであった。

蛍が口にしたのは「私でいいんですか」と、「タメロ（で話していいんですか）」くらいしか覚えていない。蛍はいったん帰って、夕方また来ることにした。残った私は、さっそく区民センターへ行って婚姻届をもらってき、自分の分だけ記入し、戻ってきた蛍に、残りの分を書いてくれるよう渡した。のちまでこれが私の「奇行」扱いされることになるのだが、前の妻に婚姻届を拒まれ続けたため、ということもあっただろう。

蛍はその晩泊って行った。実は蛍ははじめ社会学科へ進んで上野千鶴子のゼミに学んでかわいがられていた。あとで聞いた当人の話では、中学生のころは極左で、ペルーでトゥパク・アマルというテロリストが日本大使館を占拠した事件の時、テロリストにも分があるという作文を書いて、教師の呼び出しを食らったという。しかしあの時は私も、大使館が天皇誕生日の祝賀会をしていたというので嫌な気分になったものだった。もっともこのテロリストたちは、日本人から自分たちの知らない文化を学んで彼らを尊敬するようになり、突入部隊が来た時は、人質たちを攻撃したりせずおとなしく射殺されたという。

蛍の左翼根性は、地元の大学で学生運動のようなものをやっていた父親譲りらしく、その当時は第一次安倍政権だったが、父親の仲間たちが国会前でハンストをやっているので、彼らにリポビタンDを届けてくれと言われ、「水しか飲んじゃいけないのに」と言いつつしぶしぶ永田町まで行ったりしていた。

しかし社会学の大学院へは進まず、文学部に新しくできた事物起源学という大学院に進んで美術関連の勉強をしていたのだ。

四月一日には、蛍に誘われて木場の現代美術館へ行き、帰りに渋谷の金田中《かねたなか》で食事をしたのは、私が奢ったのである。まだ若い彼女は、下北沢に続いて、男には値段の書いたメニュー、女には値段のないメニューを渡す金田中へ行って、「大人の人ってすごい」と思った、と当時は言っていた。それから私の家へ帰ってきて、いよいよ両親に打ち明けるというので、私は外へ出され、近所の通りを煙草を喫いながらうろうろしている間に、猛反対する両親相手に懸命な説得をしていたらしい。彼女の父親は私の本を読んだりしていたともいう。母親は、私が前に結婚していたと聞いてかえって安心したという。一度したならまともな人だろうというわけだ。

二つ下の弟は、当時大学生だったが、東京まで姉を思いとどまらせるためにやってきて、どこかでひとしきり話していったらしい。二十一歳も上なのだから無理もない、と私は思っていた。

むしろ驚いたのは、本当に「彼氏」がいたということで、大学のサークルで一緒の同期だったというが、蛍が渋谷あたりへ「別れ話」をしに行って、疲弊して帰ってきたのだったが、それより前に、結婚する予定で家族にも紹介していたということで、さらに驚いた。あとでいろいろ聞くと、どこがよくてつきあっていたのかよく分からない感じではあった。一つ逸話を言うと、その元彼は、蛍に「シックス・センス」のネタばらしをしたという。いきなりメールが来て「××は××」と書いてあったというから驚いた。

蛍は私の小説を読んで、男からのデートの誘いを断ってもいいんだ、と分かった、というくらいに変ではあったから、それまでも恋愛トラブルがあったらしい。そのへんは私も詳しくは知らない。

彼女の家は、というより父は引っ越し魔で、といっても、蛍が県立大附属小学校へ入るとその近所へ、やはり附属中学校へ入るとその近所へ、県立高校へ入るとその近所へという、娘溺愛の引っ越し魔で、二つ下の弟はさぞ迷惑しただろうと哀れである。

さらには妙な教育パパで、子供たちが生まれると家のテレビはNHKのBSしか映らないようにしてしまい、そのため蛍は民放の番組を全然知らないで、いろいろとんちんかんなことを言った。世代差があるにしても、萩本欽一とかキャンディーズとかを知らなかったし、「笑点」を観たことがないのはともかく、NHKでやっているのだと思っていたりした。単に世代だけの問題とはいえず、どういうわけか鶴田浩二は知っているのだ。更に凄いのは、父親が新聞を切り取った話で、新聞の下の書籍広告には、子供に見せてはいけないものがあるというので、まず子供より先に見てそういう所は切り取ってから子供へ回すのだという。あるいは父親はレンタルビデオが好きでよく映画を借りてきて子供にも見せていたが、キスシーンなどがあると座布団で隠すというのはありうるとしても、男女が結ばれるといったハッピーエンドは子供に有害だというので最後まで見せなかったため、蛍は大人になるまで「マイ・フェア・レディ」や「サウンド・オブ・ミュージック」の結末を知らなかったという。

彼女が生まれる前の流行歌などは、私が歌ってみせるとしばしば「嘉門達夫の替え歌」で知っていると言い、父親が嘉門達夫のビデオを見せていたからだというので、変なお父さんだと思ったが、最近蛍の二つ下の佐藤文香さんが、やはり昔の流行歌は嘉門の替え歌で知っていると言っていたから、そういう時代だったのか。もっとも私は嘉門の替え歌など知らなかったが。「緑の中を走り抜けてくバッタがおるで」と歌うらしいが、なるほど山口百恵の「プレイバックpart2」は「抱くだけ抱いて」などというセックス関係の歌詞も入っているから、替え歌にはそういうのがないからいい、という判断だったのかもしれない。

二人で住むのに適当な場所を探して、結局永楽町から二駅の平田山の北側にあるマンションに決めた。ここに、今も住んでいる。当人としてはもっと文筆で儲けて今ごろは一戸建てに住んでいるつもりだったのだが。

八日に私は実家に帰った。母が何度かの抗がん剤治療の合間で帰宅していたからだが、抗がん剤は効いていなかった。私は母に、結婚すると告げたら、びっくりしていた。翌日、母の姉の夫がタクシー運転手なので、その人の運転する車に私も便乗して、がんセンターへ何度目かの入院に向かった。その時蛍もがんセンターへ来たのだが、母とは会わなかったらしく、そのまま二人で帰宅した。

十四日には日本橋三越へ結婚指輪を買いに行き、十六日には私が渋谷のマンション管理会社へ行って新居の契約をしてきた。蛍は二十二日に入居し、私は二日遅れて入ることになった。十八日に二人で杉並区役所に婚姻届を出しに行った。私も婚姻届を出すのは初めてであった。その時、蛍から衝撃的なものを見せられた。というのは、彼女の大学一年の時の時間割を実家に送ったら、父親が打ち直してファックスしてきたものだというのだが、「プリンセス・ホタルの麗しき一週間」というタイトルがついており、「姫様がご機嫌麗しくお過ごしになることを陪臣一同祈念しております」と下に書いてあって「宮内省式部太夫」のあとに父親の姓名が書いてあった。

「君、この環境でよくまともに育てたねえ……」

「だからこれは絶対実家から早めに脱出しなきゃいけないと思って勉強がんばって、そのあとも、早く結婚しないとまずいと……」

それは正しい。私は同世代の女性で、父親か母親に溺愛されたのが遠因になって結婚できなかった女性を数名知っている。もちろん、本人が結婚したくないならいいのだが、当人はしたがっているのに、である。

マンションは駅から歩いて十分くらい、ちょっとそれまで永楽町で楽をしていたので遠い感じはしたが、右手とっつきの部屋を寝室にして、蛍が選んだクイーンサイズのベッドを入れることになっていたが、私が入居した時点でまだベッドが届いていなかったので、入ってとっつき左側の妻の部屋の、妻が寝ていたソファのようなものに二人で寝ていた。

そのころ私が使っていた携帯掃除機は、イノシシの赤ちゃんのような形態をしているので、蛍が「うり坊」と呼ぶことにし、以後長く「うり坊」と呼ばれた。蛍がとんでもない「動物好き」だということを、ほどなく私は知ることになる。

私は母が入退院を繰り返していたので、四月末の連休には蛍だけ実家へ帰り、戻ってきたところで五月三日に二人で私の実家を訪ねた。母は急に白髪になり、声も嗄れていたが、かろうじて元気で、蛍の大人びた対応に驚いていた。もっとも母はその前に、結婚サギじゃないか、などと妙なことを言っていたのだが、結局、母がまともな状態で家にいた最後のギリギリに蛍は間に合ったことになってしまった。

六月にはがんセンターで、抗がん剤は効かなかったので緩和ケアをどこかでするように、という宣告を受け、母はいったん実家の隣の町の病院へ入院し、私は何度か見舞いに行ったが、蛍と一緒に行った時は、以前は駅もなかった町の寂しい食堂で昼食をとったのを覚えている。

このころ、私の著書を何冊か出した学術系出版社の社長が七十代で死去した。私は面識はなかったが、東大へ授業をしに来たときに蛍が出席したというので、六月末の蒸し暑いさなかに二人で葬儀に出かけ、桐ケ谷斎場まで行ったが、汗みずくになり、その当時牛肉の偽ミンチ問題というのがニュースになっており、五反田駅のそばの牛肉店で夕飯をとろうとしたら、そのため牛肉ではなく豚肉を食べて、帰宅して二人とも猛烈な眠気に襲われて寝込んでしまうということがあった。

関西のほうで大学教員をやっている後輩に結婚のことを知らせたら、「二人で机を並べて勉強してるんですか」などと言われたが、そんなはずはない、それぞれ一部屋あてがったのである。

蛍は美術や舞台藝術が好きで、私も演劇評論家になろうかと思っていたくらいだが、二人で劇団四季の自由劇場へ「オンディーヌ」を観に行ってつまらなくて途中で帰ってきたり、私はあまり興味のないバレエの「コッペリア」を観に行ったりしたのだが、数年たつうちに、私も蛍も、今の演劇はダメだという結論に達し、あまり行かなくなってしまった。

その代わり、それからどんどん、私も蛍も家で映画ばかり観るようになっていく。私は「マイ・フェア・レディ」のＤＶＤを持っていたから蛍に見せて、ようやく結末が分かったりした。

東大の英語の非常勤が夏休みになった七月末、ようやく蛍の実家を訪ねた。私は大阪時代に、長く止まらない汽車に乗れない不安神経症になって、東西往復もひかりではなくこだまを使っていたのだが、このころようやく、静岡に停車するひかりなら大丈夫、というところまで回復していた。蛍の実家は、高層マンションの十一階で、あまり実家という感じはしなかったが、もっと田舎のほうに、父方の祖母が住んでいる広い農家があった。ただし実家は禁煙だし、私が泊まるスペースもないので、日帰りということにして、蛍にだけ打ち明けて実は豊橋のビジネスホテルに泊まった。私は神経症の薬のせいもあって、午後になると眠くなるので、実家へ着いて挨拶をしてから、蛍の部屋のベッドで小一時間寝てしまったから、父親から豪胆な人だと思われたという。母親の運転する車に乗って、祖母の家まで連れていかれたりした。このおばあちゃんは、蛍が東大へ入ったので評価しておこづかいをくれる、という人だった。

母をホスピスへ入れることになり、私は平田山から近い救世軍ブース記念病院に予約をし、八月半ばに母を連れてきて、すぐに入院させ、三日に一度くらい、蛍とともにバスで見舞いに出かけた。八月末に、蛍の両親が突然、母の見舞いにと訪れたが、あいにく母は病状が悪化して朦朧としていた。

前にも『母子寮前』に書いたが、母の病気は最初に聞いた時はショックで、歯を嚙みしめたためにぐらぐらになるほどだったが、母といえど他人で、他人の「死」というものの予覚は慣れてくる。さらに結婚したことで、この当時の私はむしろ気分が高揚していた。

十一月に、もういくばくもないから、一晩外出させてやれ、と医師に言われ、危なげに思いながら母を一晩、平田山のマンションに泊めた。蛍は魚を焼いてくれたが、母はほとんど手をつけられなかった。

十二月一日、朝方寝ていると電話が鳴ったから、あ、これはと思って出ると、母危篤の知らせで、病院へ行くとほどなく母は身まかった。それから蛍がマンションへ喪服など一式を取りに行ってくれ、遺体とともに実家へ帰り、葬儀場で蛍と一泊し、葬儀を済ませて帰宅した時は、一人でなくて良かったと思った。

こんな中だったが、蛍は修士論文を仕上げ、翌年春には無事、博士課程に進学した。蛍の師匠は、私がもらった丸川学藝賞をとった『見世物としての動物園』などの著作もある水上先生という人だったが、蛍は、博士課程に進学できなかった時に水上先生に出すための手紙というのを書いていて、「今回は残念な結果になりましたが」などというので、私はゲラゲラ笑った。博士課程進学は別にさほどの難関でもなく、蛍のこれまでを見ていれば通るだろうと思っていたし、だからといって万一のための手紙を下書きするというのが妙だったのだ。かといって蛍が万事悲観的な女性だというのでもない。博士課程進学が決まると、蛍は伸びをして「ズーッ」と言ったが、これはその当時、何か懸案が済んだりした時の雄叫びとして蛍が上げていたものだ。蛍には、疲れた時のしぐさというのもあって、それは椅子に座って脚をぶらぶらさせながら、「ワワンワワン」と繰り返すのだが、これは童謡「犬のおまわりさん」が変形したもので、蛍の母譲りだとのことだった。

それが済んだ三月半ば、私の感傷で、三歳から八歳まで育った茨城県水海道を訪ねる旅に蛍を連れていった。水海道駅までディーゼルカーで行って、うらぶれた商店街を通り、森下町というところまで歩いた。大学二年の時に訪れたことがあったから、二十四年ぶりだが、車の通りばかり激しくなっていた。当時はなかった北水海道の駅から、私が生まれた三妻の駅まで乗ったが、三人くらいの男の子が、無人駅なのでたぶん切符も買わずに乗り込んだりしていた。その晩は土浦の宿に泊まり、翌日は霞ヶ浦のフェリーに乗って帰京したが、蛍はひどい花粉症で鼻をかみ続けていた。

その当時、家のそばにパンも売っている洋食レストランの神戸屋があったので、時々夕飯をそこでとるのに、二人で歩いていった。帰りにはパンを買ってきたりしたが、のちに全面禁煙になったので行かなくなり、その数年後になくなってしまった。はじめのころ、そこで食べていて蛍が、

「あたしが大学の専任になるまで、親が生きているかどうか」

などと言い出した。これから博士論文を書いて博士号をとって、という話だが、その流れで、

「あたしが教授になるまで、親生きてるかな。……教授になるまで、君、生きてるかな」

と言いながら涙ぐんだので、ぎょっとした。

ところで蛍の一人称は、結婚してほどないころから、私相手には「僕」になった。いわゆる「僕っ娘」だが、これは家にいる時に限られたから、いま仮に「あたし」としたのは他人の耳がある場所だったからである。蛍の高校の先輩であるTさんも少年っぽい人だった。

蛍は一応自転車には乗れた。だが、高一の時に転倒して血まみれになってから禁止されていたそうで、三鷹寮に入ってからまた買って乗るようになったそうで、ひどく安っぽい自転車に危なっかしい乗り方をしていた。それに、空気の入れ方が分からないので、抜けたまま乗っていたから、空気を入れてやったが、蛍はバルブに黒いゴムがついているのが、空気を止めているのだと思っており、私が空気を入れて空気入れをはずすと、穴を手で塞いで、

「早く（黒いゴムを）」

と言うから、私はゲラゲラ笑って、空気は中で止まっているので、黒いゴムで止めているわけではないのだということを説明したが、納得しないのかふざけているのか、その後もやっていた。

蛍とは結婚式もしなかったが、母の死と父の面倒見が続いて、それどころではないうちに時期を逸したというのが本当のところである。

四月から、蛍は二駅くらい離れたところにあるM大学に非常勤事務員として勤めることになり、二駅分くらいを自転車に乗って通勤し始めた。

私のほうは四月から、知り合いの女性教授がサバティカルをとるので一年代理の講師を小田急線沿線の私立大学でやることになり、週に一回、出かけて行った。学部生と大学院生を教える間に、女性教授の研究室で、蛍が作ってくれた弁当を食べたりした。さらに私が前年発表した小説「童貞放浪記」の映画化の話が決まり、打ち合わせをしたり、シナリオに手を入れたり、カメオ出演のために本郷の鳳明館《ほうめいかん》へ行ったりと、充実した日々だった。

当時私はもちろん重度の喫煙者で、蛍は煙を嫌がったから、次第に喫うのは自分の部屋でだけになっていった。私はこれを「タバタバ」と呼んでいたが、ある日、私が持っていた「未来少年コナン」のＤＶＤを観ていた蛍が、「タバタバだよー」と言いながら飛び出してきて、ジムシィが「タバタバ」と言うのが私の用法のもとであることを初めて知ったのであった。といって「コナン」をそれまで観ていなかったわけではないので、子供が喫煙するのが批判されてカットされたものを観ていたのだろう。

だがその夏休み、駒場の図書館へ調べものに行って、構内で喫煙していたのを自転車で見回りをしていた理系の教授に咎められて言い合いになり、結局私は東大講師を雇い止めになってしまった。屋外である構内を禁煙にしたりしているのは日本独特で、他国では大学構内といえど屋外は全面禁煙にはなっていない。

この時私は、東大教授で喫煙者で、親しくしていると思っていた人に電話して相談したのだが、その後どういうわけか、この人に著書を寄贈しても梨のつぶて、メールを出しても返事がなくなり、まさか、と思っていたら、一年ほどしてその人が学生に「小谷野がめんどくせえ」と言っていた、ということをその学生から聞いて蛍が教えてくれて、とんでもない裏切り者の卑怯者だと思ったものであった。

その年の暮れに私は二冊目の文学者伝記『里見弴伝』を刊行し、それを機に名前の読みを「とん」にしたのだが、三年ほどしてやめた。それというのももともとは、蛍が私を「トントン」と呼んでいたからで、これは音読みを重ねたのと、私の小説に上野のパンダのトントンが出てくるのも関係していただろう。だから私のほうでも蛍を「ほたほた」などと読んだりしたが、私が「ほたー」と呼ぶと、蛍は、「ほたてじゃねえぞ」と言いながら飛んできた。「ほた助」は、蛍が自分で使ったのが最初で、朝早く出かけた時に置手紙をしていき、その最後に「ほた助」と書いてあったのだ。「もうだめぽ、寝る」などとした置手紙もあったが、「だめぽ」とか「びれぞん」とか「バブみ」とかの新しい言葉は、検索しても分かるが、使い方が難しい時は蛍に訊いた。

当時から私の家では私の部屋にしかテレビがなかった。母が病気になった時に使っていたテレビを、蛍の部屋へ入れたのだが、不要だと言って捨ててしまい、蛍は頑強にテレビは観ようとしなかった。もっともこれ以後、映画などのネット配信が増えて来たから、パソコンさえあればいろいろ観られるようになった。もっともこの当時、噂のカルト映画「幻の湖」のDVDを私が買った時は、私の部屋で二人で観た。

私立大学での授業が終わったあと、大学院生たちを連れて、吉原のソープ街を見せに行った時、蛍も一緒に来た。黒服に声をかけられたりしたら、とびくびくしながらだったが、単に外観を見るだけなら、その後ストリートビューができて家にいても見られるようになった。蛍は、院生たちがよく煙草を喫うのに驚いていた。実際、東大では学生の喫煙率が低いのである。

さて、学生を教える仕事がなくなった私は、蛍と相談して私塾を開くことにし、文学、英語、世界史などを、木曜と土曜に教えることにし、会場は近場の公共施設・平田山会館を使うことにした。蛍がウェブサイトを作ってくれて、料金設定も考えてくれ、ちょっと安いなあと思ったほどだが、近所の藍屋という和風レストランの二階座敷で開塾記念会をやって、始めたら二十人近く集まり、日本近代小説から選んだものを毎週一冊ずつ読んでいったが、中に、母親が来られないから息子が代理でくる、とかいう人もいたし、不純異性交遊を始めそうな人妻もいた。

これが実は場所をとるのが大変で、半年分、木曜の午後二時から四時、というような押さえ方ができず、いっぺんいっぺんとらないとならず、それも蛍がやってくれたのだが、平田山会館の中でも場所が一定せず、二階になったり和室になったりして、平田山会館でもとれないと、東西隣の駅近くの永楽町区民会館や下高井戸センターになって、私も行くのが大変だし、生徒も会場を間違えたり、ずっと大変だった。

しかも、一期目の半年が終わって秋学期が始まると、生徒はガタンと減って十人くらいになってしまった。

これは少しあとのことになるが、昼過ぎからの授業だと、昼食を食べてから食堂で蛍と話していると、蛍が、もう塾へ行かなきゃダメ、と言い、まだ大丈夫だよ、と言っていると、あっダメだ、いるとしゃべっちゃう、と言って両手で自分の口を押えるから、ゲラゲラ笑いながらなおも話していると、実際にはまだ時間はあるのだが、僕がここにいたらトントンがしゃべる、と言って、台所の向こうの炊事場へ行って仕切りの下に隠れたこともあった。

郵便受けには、私の姓と蛍の旧姓「莳田」と、私塾につけた名称が並んで珍奇な所帯に見えてしまった。当初私はよく、蛍あての郵便を、私の姓で来ていると間違えて開けてしまうことがあったが、そのうち用心深くなってそれはなくなった。蛍が家にいる時は、わざわざ部屋のドアを開けるのも面倒だから、ドアの下から差し入れた。はじめ、やや分厚い郵便物も差し入れようとして、蛍が驚いてドアを開けて「無茶するな」と言うことが何度かあったので、そのうち、蛍あての分厚い郵便物がある時は、家に入りながら、

「無茶するぞー」

と声をかけ、蛍が「やめろー」と言いながらドアを開けて受け取るという段取りになった。

夏場には、雷鳴がとどろき、時には驟雨が降って空が真っ暗になったりすることがある。蛍はそんな時、私の部屋へ来て、「風の谷のナウシカ」の子供たちのまねをして、女声になって、「みんな死ぬの?」と言うのだった。

年末には蛍の実家へ行き、夕飯を食べてからまた帰ったふりをしてビジネスホテルに泊まった。だから大晦日の夜はビジネスホテルの一室で紅白歌合戦を観たり携帯をいじったりして過ごすことになった。

2

蛍は大河ドラマも観ない。「龍馬伝」が始まった時、草刈民代が龍馬の母役をやっていた。私は蛍に、「草刈民代が龍馬の母親なんだ」と言った。「へええ」と蛍は目を丸くした。「そんな歳になったんだなあ」。どうも様子が変なので、訊いてみたら、蛍は「草刈正雄」が龍馬の母をやっているのだと思って、女形とはすごい、と思っていたのだというから、私は大笑いした。蛍はバレエやオペラが好きなので、草刈民代を知らなかったわけではない。

このころさる新書で私は大河ドラマについてのエッセイを書いたのだが、NHK公認ではないので写真が使えず、登場人物の似顔絵を自分で描いたが、どうにも描きにくいところを蛍に手伝ってもらった。しかしテレビを観ない蛍は知らない俳優が多かったため、一部にとどまった。この、私の似顔絵がいざ出てから妙に評判が悪くて、蛍が描いたほうが評判が良かったが、私自身は、どうも蛍の絵には勢いがないな、と思っていた。

母が死病にかかっていた時、父が母に暴言を吐くということがあって、それはおそらく母の病気で頭がパニクった結果なのだろうが、絶望して死んでいった母の心中を思えば私は父が許せなかったが、時おり実家へ行き、蛍の世話でヨーカドーからの宅配で食料を届けたりしていた。だが父はだんだん弱ってきて、ある時、ベッドに寝ている父に、「施設に入るか」と訊いたら、向こうを向いて「さあ、どうだか」と言ったので、私は怒って実家へ行かなくなり、市から派遣されたヘルパーの女性まで、私が父を嫌いだと言ったら蛍に連絡するようになってしまったので、以後、父のことは蛍任せになってしまった。このことは『ヌエのいた家』に書いてある。

蛍はM大学に事務員で二年勤め、二年目から他の大学で非常勤講師も始めたが、専門を教えるのではなく、パソコン入門のような授業を、にわか勉強をしてやっていた。父を施設に入れたり病院に連れて行ったりするのも蛍がやってくれたから、そんなことで蛍の帰りが遅くなると罪悪感も感じた。東京の西のほうの大学へ教えに行っていて、埼玉県大宮あたりの施設から呼び出されて遠いところを出かけたりしていた。ある時、病院へ連れて行った帰りに蛍はぎっくり腰になってしまい、見つかると入院させられかねないというので懸命にタクシーと電車を乗り継いで帰ってきたこともあった。蛍はそのまま寝込んでしまい、私は翌日、蛍用の杖を探しに町へ出たのだが、不思議なことに、商店街にある帽子や靴を売っている店へふらっと入ったら、そこで杖を売っていた。

二〇一一年三月十一日の大地震の時は、二人そろって家にいたから、外へ飛び出す用意をしていたが、そこまでのこともなく、夜になると近くの井ノ頭通りを、電車が止まって家に帰れなくなった人たちがぞろぞろ歩くのを見に行っていた。近くに平田山小学校というのがあり、帰宅できなかった人たちがそこの体育館に泊まっているというので、深夜になって蛍が、毛布などを持って行ってあげる、と言って出かけていった。

ところが福島の原発事故で放射能が来る、と言われて私が恐れ、外窓を閉めておいたら、煙草の煙が部屋にこもることに気づき、確か空気清浄機があったはず、とその近くで喫おうとしたが、蛍から、それは動いてないよと言われて万事休し、とうとう蛍の実家へ避難することになった。

到着の翌日、蛍に案内されて大きなショッピングモールへ、電動自転車を買いに行き、ホテルと実家の間を私はその自転車で移動した。途中にかなりきつい坂があり、確かにあの自転車でなければ上れなかっただろう。蛍の弟は関西の大学にいて、天気もよく、私は何だか新婚旅行気分にすらなっていた。

十一階の部屋は、どういうわけかひどく風が吹いて、窓を開けるとものすごい風が吹き込んでくる有様だった。あまりマンションとしていい買い物だったとは思えなかったが、三日目の夜、この実家でパソコンをいじっていたら、その周辺など妙に埃が固まったりして汚れているので、いつしか私はウェットティッシュなどを使って掃除を始めていた。蛍の両親が入ってきて、父親がテレビを点けたが、観ている様子もないので私が消すと、また立ってきて点けた。この人は観ていなくてもテレビを点けておく人だったらしい。私はテレビを観ないのに点けておくのは無駄だと思っていた。そのあと夕飯になったが、私は、「掃除のしがいがあった」と言い、蛍の弟についていて何か言った。すると父親が、

「限度を超えてるんじゃありませんか」

と言い出し、どうも私に対して怒っているようで、

「お客さまだと思ってますから、家族とは思ってませんから」

とか言い、顔を真っ赤にして怒り出した。のちに蛍とこれを「大魔神」と呼ぶことになる。

私は少し青ざめたが、蛍と母親も困っている。それで、じゃあホテルへ戻りますから、と言って、実際にそうした。放射能も大したことはないようだし、翌日は東京へ帰ろうと思った。すると蛍がホテルまでやってきて、私も帰るから、と言い、父親も、私が帰ると言ったら慌てていて、お詫びしたいと言っている、と言うのだが、今はもう会わないほうがいいと思い、翌日、二人で東京へ帰ってきた。だいたい私は年長の男とはあわない人間であるらしい。

私塾では二年目以降、割と変な生徒が来るようになっていた。一人はそう優秀ではない仏教系大学の学生で、大学院へ行きたいと言う。だがその大学の大学院でも受かるかどうか怪しいレベルだったから、「大学院へ行って、どうするの」と訊いたら「教授になります」と言ったから、君の学力ではまったく無理、ということを遠回しに伝えた。あるいは関西の、有名な文藝評論家が教授をしていた、しかし学生のレベルは高いわけではない大学を出て、稲門大学の国文学の大学院へ進んだという学生が来て、大江健三郎論の抜き刷りなど渡したのだが、その日の授業で、「俳句の起源について、分かる？」とそれなりに期待して訊いたら、その学生は、「正岡子規が『歌よみに与ふる書』で……」ととんちんかんなことを言い出した。あとで人に訊いたら、渡部直己の文章を読んでいただけだろうということだったが、私が、連歌が俳諧連歌になってその発句が自立したんだ、と言ったら、この学生は連歌を知らなかった。「菟玖波《つくば》集」とか「日本古典文学大系」にも入ってるよ、と言ったら、「日本古典文学大系」を知らなかったから、私は本当にびっくりして、訊き返してしまったが、妙に正直な学生で、知らない、と答えた。

もっともこういうことをその日のうちにブログに書いたりするから学生が減るのだが、書かなかったとしてもそんな高レベルの学生は来なかっただろう。知り合いの東大の博士課程の院生が来ていたこともあったが、彼は鎌倉幕府で源氏将軍が滅びたあと、藤原氏と皇族から将軍が出ていたことを知らなかった。

六月のある晩のこと、夕飯どきに、もらいものの海鮮を蛍が食べていた。私は刺身とか生ものを積極的には食べないことにしていて、というのはもともとあまり好きではなかったのだが、ある時期から、あまり生ものは食べないほうが無難だと思って食べなくなったのだが、そのあと二時間ほどして、蛍が、「トントン」と言って来たのを見たら、目の周りが腫れあがっていた。どうやらその海鮮ものに当ったらしい。のち、うちの近所にある病院が平田山病院と改称して救急病院になるのだが、当時はまだ直近の時間外救急外来は久我山病院だったので、タクシーを呼んで、蛍はサングラスをかけて目を隠し、私は禁煙になっていたタクシーに乗るのは嫌だったが仕方なく乗り込んで久我山まで行った。道をわきへ入ってからは車の揺れがひどかった。

結局蛍は点滴を打たれることになり、それを待つ間、私は外へ出て煙草を喫ったり中へ戻ったりしていた。途中で、若い男女が外来へ来て、男のほうが風邪で咳がひどく熱があるので来た、と訴えていた。医師は「もう内科的処置は全部したので、あとは喉を切開するとかしかないですね」などと言い、もちろんそれはしないで、二人は帰っていったが、何だか不摂生な生活をしている若者なんだろうな、という感じがした。

点滴を受けて蛍の目の腫れはいくらか引いたようだが、もとからアレルギーがあったというより、コップに水がたまって縁まで来て溢れるようなものだと言われたという。点滴がこういう時になんで効くのかは分かっていない、とも聞いた。だが私は何だか、夜中に妻と遊びに出たような懐かしい気分を、この時に感じていた。

十月に、私が最初に発表した小説の朗読会を、蛍が手配してやってくれた。御茶ノ水駅のお茶の水橋から北へ行ったところに会場をとってくれたのだが、私は道に迷い、蛍に迎えに来てもらうありさまで、しかし会場は盛況で、蛍がカメラで撮影してくれ、私は煙草を喫いながらゆったりと、雑談を交えながら朗読したので、全部は読めなかった。

年が明けて、三月、世田谷パブリックシアターで、三島由紀夫の「サド侯爵夫人」が、白石加代子、蒼井優らで上演されたのを、蛍と観に行った。しかしこの劇場はもともと閉所恐怖感を与えるところで、さらに喫煙環境が厳しくなっていて、この時は駅を降りてから劇場まで喫煙する場所がなく、劇場から喫煙場所までかなり遠くなっていた。それでかなり身体的な不快感に陥った私は、上演に関しても、それまで何度も観た芝居なので飽きていて、白石加代子のセリフ回しが三十年前と同じなのも嫌で、双眼鏡の入れ物が汚れているのを、唾で掃除していたが、とうとう最初の幕で一人で帰ってしまった。蛍はこの時のことを、私が双眼鏡を舐めていた、と言うのだが、そうではない。指に唾をつけて双眼鏡入れを掃除していたのだ。

ところで私はこの当時、しょっちゅう裁判所へ行っていたが、それは禁煙ファシズムとの戦いを法廷でやっていたのと、ネット上での名誉毀損が多いのが原因だったが、ネットでなくても、師匠だった人から名誉毀損ものの発言を雑誌でされて訴えたり、某出版社から書籍の執筆依頼を受けて神楽坂で会食までしたのに、いきなり担当編集者が変わって、あれこれ因縁をつけて没にされたのを訴えたりと、事件が多かった。

夏ごろからネット上で、ファンタジー作家の鬼原真澄という男が、純文学の女性作家を非難攻撃する運動を展開して話題になっていたのだが、鬼原は「父親殺し」などと2ちゃんねるに書かれて、それをやった女を裁判で訴えていた。私は二〇〇九年からツイッターをやっていたのだが、そこで女性らしいアカウントに話しかけられ、「鬼原真澄さんに裁判を起こされています」などと言うので、へえと思っていたら、鬼原の子分らしいアカウントが、自分も悪口を書かれているのに何を相手をしているのか、ということをもっと口汚く言ってきたから、鬼原に連絡をとったら、いつしか電話で話すことになった。

この鬼原というのはかなり面倒くさい人で、単に面倒くさいだけでなく、事実誤認をするのが困りもので、自分が攻撃した女性作家について「今は影も形もない」と言ったりした。その電話で、「小谷野さん、二十歳年下の奥さんなんていいですねー、かわいくて仕方ないでしょ」と言われて、私はかなり困惑し、メールをして「今後電話しないでください」と言った。

十二月に入ってほどなく、父が死んだ。蛍の留守に病院から電話がかかってきたので、帰宅した蛍に言うとすっ飛んでいったが、もう死んでいたらしい。私は翌々日、火葬にする時になってようやく実家の近くの葬儀屋へ出かけた。

父の遺骨はそれから数年後、そういう会社に頼んで粉砕して、東京湾に撒いてもらった。もう七年もたって父の記憶も憎悪も薄れたころ、蛍が父を施設から病院へ連れて行った時、トイレは大丈夫かと訊いたら、大丈夫、と言っていたが本当は行きたかったんじゃないか、とふとした機会に口にした。

3

年があけた一月、蛍を労う意味もあって、赤羽橋という、東京タワーの近くにある鷹匠料理・あか羽に予約をした。当時、私は川端康成の伝記を書いていて、川端も愛用した店だったからだ。その日、蛍は北千住にある割と新しい科学系大学へ非常勤で出かけ、帰りに寄ることになっていた。朝方、今日はあか羽だよ、と言おうかと思ったが、分かっているだろうと思って言わなかった。さて夕方になり、私が出かけてあか羽の一室で待っていると、来ないのである。三十分以上たって、店の電話を借りてかけたら、蛍はすっかり忘れて自宅へ帰っていたのだ。蛍も困って、一人で食べてきて、などと言ったが、とてもそんなことはできないから、今から来て、と言い、私は持参した野島秀勝の『迷宮の女たち』の文庫本を、煙草をいらいらと喫いながら待ったが、一時間くらいかかったろうか。北千住からなら途中だということもあってその日にしたのに。蛍が到着して私はほっとしたが、店側からしたら、何だろうこの人たちは、という感じだったろう。

この間、私は二度芥川賞候補になったのだが、孫娘が怪しい男と結婚したと思っていたらしい蛍の祖母が、新聞に名前が出たのを見て急に態度が変わって、偉い婿さんのようだな、と言ったそうである。

蛍と話していて、二人で同じことを言ってしまうことがあり、時には私が何かを言うと、蛍が「気持ち悪い。僕も同じこと言おうとしていた」と言ったりした。一番すごかったのは、蛍がどこかへ出かけていて（蛍はどこへ行くか言わずに出かけることが多かった）、私はその日、ネットで、『蜜蜂マーヤ』を訳したドイツ文学者の実吉捷郎《さねよしはやお》という人が、華族の日野家の令嬢と結婚して一時日野捷郎になり、その時できた息子が言語学者の日野資純で、捷郎は離婚して実吉姓に戻り、再婚してできた息子がドイツ文学者の実吉晴夫だというのを知って、夕飯どきに、

「ねえ、実吉捷郎って知ってる？」

と言うと、蛍が、

「気持ち悪い。……だって僕、今日ちょっとその人のこと調べて来たんだよ」

と言ったことで、そうなる伏線があるかなと思ったのだが、それほど強力なものではない、ということがあった。

廊下で蛍とすれ違うことがある。といっても大抵はトイレから出て来た蛍の脇を私が通るのだが、狭いから、蛍は片側の壁に、両手をあげてピタッと張り付き、

「あじのひらきッ」

と言うのである。

蛍は毎年二つの大学で非常勤講師をしていた。公募に出してのことである。帰りが八時近くなるとメールか電話で、藍屋がいいか弁当を買って帰るかと訊いてくる。当時はよく藍屋で落ち合って食べていた。ある日、いま勤めている大学に蜂巣泉っていう英文学の先生がいるんだけど、何だか東大にもいたような気がする、と言うから、私が、

「ああ、蜂巣泉って学者は二人いるよ。東大にいるのは理系」

と言うと、なんでそんなことを知っているんだと気持ち悪がられたが、たまたま気づいていただけである。

藍屋では、料理を持ってきた若い男がつゆをちょっとこぼして妻にかかってしまい、「あつッ」となり、私が黙って店員を睨みつけ、妻が「やめて、やめて」と止めたが、店長が詫びに来たといった事件もあった。

蛍は無類の動物好きで、特に好きなのは猫である。一緒に歩いていても猫がいると「猫ちゃん猫ちゃん」と寄っていくし、家の前に猫の親子が現れると、飛んで行って世話をするから、隣のおばさんから、「餌付けしたりしないように」と注意されかねない勢いだった。私のほうは、犬

猫に騒いで、犬派か猫派か、などと言っている連中をバカにしていたのが、永楽町の近くに住んでいた友人のエッセイスト・新屋敷《あらやしき》ゆずかが、メスの柴犬を飼い始めて、時々見に行ったりしているうちに、すっかりシバ派になっていた。蛍もシバ派になり、そのほかカピバラなど、概して哺乳類が好きだった。

そのころ私が、NHKのBSプレミアムで放送している「ワイルドライフ」という、世界各地の野生動物を紹介する番組が好きになり、録画してはDVDに焼いて蛍に見せたりしていたが、「ワイルドライフ」を見ていると、動物の性行動は人間そっくりで、オス同士でメスを争ったり、オスが交尾を迫ってもメスに逃げられたり、コアラが集団でメスを強姦したりするので、私たちは、人間の恋愛は動物の性欲の延長だという確信を得てしまった。二十年ぶりくらいに、私の博士論文の改訂版を出すことになった時、読み直していたら、恋愛は性欲から始まるということが否定されていたから、昔はそんなことを考えていたんだと驚いて書き直した。

ほかにも私は手元にある映画のDVDなどを蛍に貸していたが、日本映画などだと、いつまでも観ないことがあった。小林桂樹が出演した古いNHKのドラマ「赤ひげ」なども、いつまでたっても観ない口で、蛍は西洋好きなのである。

「『赤ひげ』観た?」

と訊いても観ていないということが一年も続くと、

「もういっそ、観ちゃったほうが催促されなくて楽になるよ」

などと言うのだが、すると蛍は、

「そういう、吐いてしまえば楽になるぞって警察の取り調べみたいの、良くない！」

と言うのだった。

蛍は方向音痴で、居間で食事をしていると、どちらが北で南か分からなくなり、「駅はどっち？」と訊くから、私が駅のあるほうを指さすと、反対側のような気がすると言っていた。左右もすぐには分からないで、左側を、などと言われても、一瞬、お茶碗を持つ手、などと考えないと分からないそうだし、「うつぶせ」と「あおむけ」もどっちがどっちだか分からなくなり、うつぶせの恰好をして初めて分かる、と言っていた。

あるいは「ヒカのフレ」みたいな音変換もよくやり、時には私にフライドポテトの塩を渡しながら「自分のかける分にだけ食べろよ」などとわざと逆に言ったりしていた。「ヒカのフレ」式の音交替は、英国の学者のスプーナーという人がやっていたため「スプーナリズム」と言われる。蛍は「呉同越舟」と言って自分で気づかないこともあった。

電器のソケットが複数入る機器を、

「テーブルタップ」

というのも蛍は知らなかったが、それを聞いて、目の前のテーブルを手でパタパタっとたたいたのはおかしかった。

三月に、大阪のＪＴ関連の団体から講演を頼まれて、これを機に蛍と関西旅行をしようと、一緒に行ったが私は五年大阪にいたから、関西はけっこう詳しいぜと見栄を張ることがあり、阪急線からJRへ乗り換えるのに、大山崎駅から山崎駅まで五分ほど歩くという裏技を見せて感心させたりしていた。講演会場がホテルだったためそこに泊まったのだが、それがミナミだったから、蛍は周辺の猥雑な雰囲気に目を丸くしていた。

講演も喫煙しながらやり、そのあとのパーティも煙もうもうたる中で、本当はタバコの煙が苦手な蛍が、それに耐えて主催者側の人と話したりしていたから、早めに切り上げた。翌日、天王寺動物園へ行ったが、上野に比べると自動車の排気ガスとかでけっこう空気も汚れていそうな中にいる動物たちがかわいそうに思えるくらいだった。動物園の中から、すぐ外を幹線道路が走っているのが見えた。

帰途には、谷崎潤一郎も泊まったことのある、彦根にある旧井伊家の別邸「八景亭《はっけいてい》」に泊まることにして、彦根駅で降りて歩いたが、妙に狭い道のわりに車の通りが激しくて歩きづらかった。八景亭に着くと、その日の客は私たちだけで、奥の座敷へ入り、一服したが、寒いのである。古い建物だから外の風が吹き込み、暖房はあるのだが、このままでは風邪をひきそうで、毛布をかぶったりした。外に池は見えるが、琵琶湖はその向こうにあってここからは見えない。池には白鳥と黒鳥が泳いでいた。

夕飯時になると女将がやってきて、表のほうの部屋へ案内された。床の間には、妙な絵が掛かっている。女を描いた古い絵らしいのだが、どう見たって下手である。署名を見たが何とも判読できないから、写真を撮ったが、あとで調べても分からなかった。

ここでは押し寿司が出るということだったが、蛍は生ものを食べると目が出る（と私たちの間では言っていた）恐れがあるので、前もって生ものは取り除いてもらっておいた。コースで出てくる料理というのは、和だろうが洋だろうが多すぎると決まっているが、ここでは但馬牛のステーキから始まって湖産物の刺身、ホタテのグラタンなどがどんどん出て来た。私はホタテが苦手なのでこれは蛍に譲ったが、「もろこ」という小さな魚の焼いたのがたくさん出て来て、これを食べて二人ともお腹がぱんぱんになってしまった。

池で泳いでいる白鳥と黒鳥のどちらかは、井伊大老を水戸の浪士が襲撃して殺した桜田門外の変で、彦根と水戸が敵同士になっていたのを、仲直りの印として水戸から贈られたものだという。ところがそれから一か月後、彦根市長選に立候補した一人が、薩摩藩から井伊襲撃に参加した有村次左衛門の子孫だというので物議を醸したりしていた。

ぱんぱんになったお腹を抱えてうんうん寝ていたが、夜になってさらに寒さがひどくなってきて、どうしたものかと二人で困惑していると、女将が豆炭を持ってきてくれた。女将が下がって間の襖を閉めたあと、

「私が小さいころは豆炭使ってたよ」

「自殺に使うやつね」

と蛍が言ったら、襖の向こうでくすくす笑う声がした。

そこで豆炭を抱いて寝たのだが、腹部膨満感は深夜まで収まらなかった。

その年は五月に川端康成の伝記を出したが、川端家周辺の研究者と面倒なことも起きた。一方、どうということのない新書が十五万部という、私の著書としては最も売れる一方、アマゾンのカスタマーレビューでは多数の星一つがつくなど奇妙な現象も起きたが、経済的には潤った年だった。

蛍はやはり非常勤で働いていたが、睡眠の不規則なのはかなりなものだった。たとえば休みの日に夕方から寝てしまうと、夕飯の時間になっても目が覚めないで、私が、夕飯をどうするのか、と起こしに行くと、以前はたまに起き上がり、真っ赤な目をして寝ぼけ、「どこへ行くのー?・」などと言ったものだが、たいていは、布団にくるまって、「無理無理」と言い、「自己お願いします」とか、「自己」と言うが、これは「自己調達」の略である。私が自分で食事を準備するという意味である。もっとも穏便な使われ方は、蛍が仕事から帰るのが遅くなった時、「自己調達お願いします」というメールが届く場合である。

あるいは、夜遅くまで勉強などをしていて、朝方起きないということがある。それもひどい時には、午後三時ころまで寝ているから、私はカップめんで昼を済ますか、ピザの宅配をとったりする。そして起きて来た蛍は私の部屋まで来て、「どうもすみませんでした」と頭を下げたりした。

ところで私塾のほうは、週一回、英語と世界史を教えるだけになり、少ないと二人、多くても四人しか集まらなくなり、対面での教育はやめることにして、メールを使っての小説指導だけにした。蛍によれば、普通大人の塾なら、授業のあとで酒を飲みに行くので、それが楽しみで来る人もいるから、私は酒を飲まないので、あまり人が来なくなったのではないか、という。そうかもしれないし、私は酒を飲まないので損をした人生だったかもしれない。小説を書くほうは、割とできる生徒がぽつぽついたのだが、実際に新人賞に応募させると最終予選までは行かない。私から見たらかなりよく書けていても二次予選止まりである。もっとも中にはいろいろと、ダメな私小説を書いてくる人もいたけれども。

蛍は子供のころ、弟と一緒に鳥山敏子の「賢治の学校」のワークショップや、ヤマギシズムの会に連れていかれたという。いくらかましなほうでは、二〇〇二年に「熊野大学」に連れていかれたともいう。

年の暮れ、私は二〇〇七年に放送された岸田國士原作で佐藤康恵主演の昼ドラマ「暖流」のDVDボックスを買ったのは「昼ドラを超えた」と評判だったからだが、実はこれは第一回が放送された時に観ていた。だが観ていると確かに面白く、蛍と二人で「暖流」に熱狂する日々になった。

蛍と私の映画や小説の趣味は、合うところと合わないところがあって、それは当然だが、蛍は西洋崇拝が激しく、西洋のオペラ歌手とか俳優をやたらよく知っている。それでも、「バック・トゥー・ザ・フューチャー」三部作の正統的な娯楽性については意見が一致するのに、私の大好きな「刑事コロンボ」が好きではないのだ。結婚した最初のころ、谷崎原作で秋桜子《こすもすこ》や荒川良々《よしよし》が出た「卍」の映画を見せたらパニック状態になったことがあったが、その後はそういうことはなく、「アート系キチガイ映画」と自分で称する、ホドロフスキーとかの映画が好きなのである。私も、イザベル・アジャーニが怪演するズラウスキーの「ポゼッション」なんかは面白かったが、分からないのは蛍が、英国のサラ・ウォルターズの小説『荊の城』がやたらと好きなことで、そのドラマ化も観たが私の趣味ではない。だいたいこれは百合ものだが、私は男女ともに同性愛ものにさほど関心がないが、かといって蛍は腐女子ではない。『荊の城』をさらにエグく翻案した韓国映画の「お嬢さん」などというのも観たが、これには参った。それでいて蛍はタランティーノは好きではなく、暴力的で、とかいうのだが、「お嬢さん」の最後の指を切り落とすところだって十分不快である。

世間では評判のいい映画などが、私と蛍にはダメだということがある。そういう時は「わが一族には無理らしい」と言うことになっている。

4

年が明けて二〇一四年二月のある日、蛍が仕事か何かで出かけたあと、本人からメールが届いて、「今度単著を出すことになりました」とあり、寝耳に水だったから、はて何のことやらと帰宅を待って訊いてみると、ファンタジー小説の新人賞に、猫を登場人物とした長編で応募し、最終候補に残り受賞は逸したが、出版社で単行本にしてくれることが決まったというのである。

その時蛍が、くれぐれも、選考委員の悪口を言ったりしないでくれ、と言うのを、私は当初、は？ という感じで聞いていたのだが、私は以前にある文学賞の候補になって落とされ、選考委員を罵ったことがあったからなのだが、第一私は蛍の小説をまだ読んでいないし、私は自分の場合、受賞に値すると思って落とされたから罵ったのであり、私の小説の中には受賞に値しないものもあり、それらが候補になったらそのようなことはしなかっただろう、ということを理解されていない、と思ったのであった。

実際、のち書籍になった蛍の小説を読んで、面白くはあったが、のちに読んだ受賞作のほうが優れていると思ったし、妥当な授賞だと感じた。

ところで蛍は、私はもちろんあとになって聞いた話だが、選考会の日には落ち着かず、ちょっと外出して、東急世田谷線という市電に乗って、世田谷区城址公園へ行ったら、たまたま鷹匠のおじさんがいて、鷹狩りの話を聞いてきたという。そういうところが、まだ会わない時にブログで知っていた彼女を思い出させるから不思議なもので、何だか神秘的な少女のように思えるのである。

それはさて、蛍がそんなものに応募した理由というのがまた変で、私はしばしば、人文系でしかるべき大学の教授をしているのに単著がない人のことを批判していたから、蛍は、単著がないと人間扱いされないと思ったのだという。当時蛍はまだ三十歳なのだから、別に気にする必要はないので、苦笑のほかはなかった。

だが、いったん発売日になると大変だった。不思議なもので、本が売れるか売れないかというのは、発売日に分かることが多く、まだ新聞広告や書評が出ていなくても、売れるものは売れるし、今ならアマゾンの順位でだいたい見当がつくのである。もちろん新刊予告はあるけれど、初速は良くても売れない本は一週間もすると失速するし、逆もまた然りである。テレビで有名藝能人が褒めでもしない限り、売れ行きが変わることはない。

蛍は正体をぼやかすためか、旧本名の蒔田蛍ではなく、母親の旧姓を使って三木蛍として出した。そして、蛍の小説は売れなかった。五日ほどして、私のブログで紹介したが、変わりはなかった。もっとも、受賞作が売れているというのでもなかった。この件で、蛍の弟と私が喧嘩になりそうになり、蛍が私の部屋へ来て、やめて、と言って片方の目からつつっと涙をこぼした。その涙を、私は美しいと感じた。本が売れないつらさは私は良く知っている。特に最初の本の場合、どうしても過大な期待を抱いてしまう。

この時、地方紙がした蛍のインタビューで、私は初めて、蛍が中学生の時に新作落語を書いてコンクールに入賞したことがあったのを知った。確かに蛍は落語が好きだったが、枝雀のをよく聴いていたらしい。ところが、そのコンクールの主催が創価学会系だったので、親から怒られたというのだが、肝心のその落語のテキスト自体が残っていず、蛍も内容は忘れてしまったとのことだった。

しかし、蛍を担当して本を出すことにしてくれた女性編集者は有能な人で、二作目も出してくれそうだったので、蛍はある人物の伝記小説を調べてせっせと書いていた。だがその編集者はがんのためそれから一年ほどで、五十歳くらいで急死してしまった。蛍は別の出版社にも長編を書いていたが、こちらもまだ出ていない。二年ほどして、私の新書を出してくれていた編集者に企画書を送った蛍は、二冊目の本を新書で出した。これは全部の新聞に書評が出たのだが、驚いたことに増刷しなかった。売れなかったのである。いつかは蛍の本が増刷しますように、と念じるほかない。

実は私は大学院生の時に育英会から奨学金を貰っている。これは大学の先生（専任）になって九年たつと、返済しなくてよくなるのだが（今では全員が返済する制度に変わった）、私は五年で辞めてしまったので、返済を迫られた。だが私は、さる研究所の客員助教授だったから、それでいいだろうと理屈をこね、返却を拒んだ。すると支払い要求は連帯保証人である父のところへ行き、母が払ってしまった。悔しかったが、私はそれで済んだものと思っていた。ところが実はまだ未返済の分が残っていて、それが父のところへ行き、蛍に渡された。蛍は、私に言えば頑なになるだろうと、私に内緒で、実の母と相談して、私が彼女の実家に転居したように育英会には伝えて、こっそり返還を済ませていたのである。のちに私が、奨学金は返済した、とネット上に書いた時、蛍が打ち明けてくれて知った。私は二十何件という大学の公募に出したが、みな落とされていた。そういう屈託に寄り添った処置をしてくれて、ありがたいと思った。

ところで、うちには車はない。私は大学二年の時に免許をとったが、それ以後いっぺんも運転せず、二〇〇〇年ころに視力の矯正が効かなくなって廃棄してしまい、蛍もペーパードライバーだった。二〇一五年に、その蛍はどういうわけか乗馬を始めた。郊外で乗ってくるとか、非常勤先へ行く途中に乗ったりするというのだから豪儀な話で、私は馬に乗った蛍を見たことがないから、これも神秘的な蛍である。それを聞いてほどなく、私はヤフオクで、中学生から高校生のころに好きだった竹下景子の若いころの、馬の隣で映った乗馬のポスターを見つけて入手し、居間の壁に張ろうとしたら画鋲などが通らず、粘土式の貼り付け具で貼ったら下へ落ちてしまい、廊下に張ってやっとそこに落ち着いた。

二〇一五年の夏、安倍内閣が日米安保を補正する安保法制案を出して、主に九条護憲派が反対してデモをし、ウェブ上で多くの人が反対署名をし、中には大学教員による反対署名もあった。私は九条改憲派だし、安保法制は違憲には違いないが、それなら自衛隊も違憲であり、これに反対している人というのは九条護憲派だから参加はしなかったが、こういう運動には加わらないだろうと思っていた人の名前も見つけたりして、雰囲気としてしんどかった。私は天皇制廃止論者だが、こういう護憲派の中には天皇崇拝に近いような人もいて、その倒錯には参ったが、蛍は一応アカデミズムに生きる人だから、私と意見の違うところもあるだろうし、そういうすり合わせは大変だったが、私の真意はよく理解してくれたと思う。

だがその年の春から夏には、うちから一番近いコンビニがつぶれたり、私がいつも行っていた煙草店のおばあさんが急死して店が閉鎖されたりと、環境が変化し始めた。特に私はある時期から夜の十時ころに家の周りで散歩する習慣になっていたのが、途中でコンビニへ寄るのがささやかな楽しみだったのに、なくなったことから散歩もしなくなってしまった。

コンビニがなくなって、買い物が不自由になった。毎日野菜ジュースを買って飲んでいたのが、たまたま行ったコンビニになかったりして、私はとうとう「経済原理を発動する」と宣言して、通販でたくさんの野菜ジュースを買うことにした。これは蛍も喜んで飲み、「飲み放題」が略されて、野菜ジュースは「ノミホ」と呼ばれるようになった。

蛍が台所にいる時、食器洗い機などが動いていると、居間にいる私の言うことは全然聞こえなくなるから、私が何か言うと「悪口を言ってる」などとおばあさんみたいなことを言う。もっと近くで話していてはっきり聞こえないと、私は右手を耳の後ろに掲げるのだが、蛍は、そのやり方が演劇みたいで様式的で腹が立つ、両手でやらないと聞こえるようにならないんだよ、などと言った。

私は若いころから、母にも、しゃべり方が演劇みたい、と言われていたが、これは私が茨城県出身で埼玉県育ちながら、母が努めて方言を使わずに話していたせいもあって方言がなく、東京の高校へ行ってしゃべり方が分からなくなり、落語を聴いてしゃべり方を身に付けたせいもある。蛍からも時どき、人は普通はそんな文語的な言い回しは使わない、演劇的だ、と言われるのである。

5

二〇一六年の春、蛍が、関西へ行ってくると言った。四月のはじめで、非常勤の仕事が始まる前のことである。芦屋の谷崎潤一郎記念館で展示があるからだという。谷崎潤一郎は私も研究しているのだが、なぜか蛍も谷崎が好きだということをこの時私は初めて知った。とはいえ、私は概して文学館も美術展も苦手で、絵などは画集やネットで見ればいいし、作家の手紙などはテキストさえ読めればいいという考えである。谷崎記念館は何度か行ったし、興味はない。

しかし、大阪にいた頃から時おり行っていて、三年間客員助教授をした京都の研究所に行かなくなってから、あまり関西へは行かなくなっていたし、そのうち東海道新幹線が禁煙にでもなったりしたらもう行くことはないので、この機会に便乗して私も京都まで行くことにした。

ところが、某社の編集者に話したら、まだ桜時分だからホテルはとれませんよと言う。もっともそれは、いい部屋はとれないという意味らしかったのだが、そういえば京都のホテルが何やかにやの時にはとりにくくなるという目に私は何度か遭っていて、十数年前には宿もとらずにその研究所の会へ行き、泊まるところがなくてラブホテルに泊まったということもあった。

それでもインターネットで調べたら、ないことはなく、京都駅前の、聞いたこともないホテルを予約したのであった。

もう二十年も前になるが、私は新幹線のように長く停まらない汽車に乗れない病気にかかってずいぶん苦労し、今でも薬を吞んでいる。若い頃の谷崎潤一郎がまさにこの病気になって京都から帰れなくなったことが、『青春物語』や「恐怖」という短編やに書いてある。

前の妻と結婚していた十数年前までは、まだ東京と関西を往復するのに、こだまを使っていたのだが、その後寛解して、新横浜―静岡―名古屋と停まるひかりには乗れるようになったが、今回は新横浜から名古屋までノンストップで、そのことにやや緊張感があった。

だいたい私は子供の頃からの閉所恐怖症で、この病気はそれがひどくなったものである。私は演劇好きだったが、演劇の座席のないのなどへ行くと、ぎゅうぎゅう詰め込まれて身動きもできなくなり、そこでぞおおっと恐怖に襲われることがあり、普通の劇場でも、ぞろりと横に並んだ座席の、通路と通路の間の真ん中へんだと怖いから、なるべく通路際をとるのである。

若い頃から演劇が好きで、演劇評論家になろうと考えていたこともあったが、この性向ではそれはもともと無理な話で、もう十数年前から演劇は年に一回くらい行くだけになってしまった。三越劇場など、切符が高いのもさることながら、三越百貨店の上のほうに劇場があり、そこへ入るのだと想像しただけでぞっとするのである。

あとは禁煙ファシズム以来、劇場ロビーが禁煙になり、国立劇場のように、はなは劇場の外の椅子で喫えたのが、脇のほうへ追いやられると、もう行く気にはならないのである。

だから私は新幹線ではグリーン車をとるので、金持ちだとかいうことではなく、普通車では耐えられないのである。喫煙車両なので、混んでいると煙がひどいことがあり、前に一度蛍が禁煙車両の自由席のほうへ移動したこともあった。蛍と品川から乗り込んだその日の車両は、幸いすいていた。緊張を緩和するために、不断は呑まない缶ビールを買い込んでちびちび呑み始めたが、もうしばらく酒類は呑んでいないので、ほとんど残してしまった。

その二月に出た『文藝春秋』に載った芥川賞の選評で、山田詠美が『食の軍師』という漫画を紹介していたので第一巻を買ってみたらこれが面白かった。中年のグルメがあちこちの店へ行って、段取りを考えながら食べていくのが実にユーモラスで、蛍も面白がっていたのだが、第二巻からあとはつまらなくなってしまった。その頃はやっていた「孤独のグルメ」というドラマの原作者だった。

その面白かった中に、駅弁の食べ方が書いてあったので、蛍はそれをやる気でいたようだったが、結局は私はカツサンドを買ってすませてしまった。

この時は、谷崎の「蘆刈」に出てくる、その山崎の南の対岸の橋本遊廓のあとを見に行くことにしており、これは京阪電鉄で、私はとんと京阪には疎かったのであった。

何やら見覚えのないところを通って、何とか京阪線に乗り換えはしたのだが、淀城のあたりを通って、南側にひどく大きな建物があったから、あれは何だろうと言っていて、あ、淀の競馬場だ、などと話しているうち、どうも降りるべき駅をいつの間にか通り過ぎていたことに気づき、やっと停車した駅で降りて引返すざまで、どうも急行か何かに乗ってしまったらしかった。

やっと着いた橋本の駅はえらく閑散としていて、駅員もほとんどいない。降りたプラットフォームから北側の改札口へ出て、私は一服する。それから妙に寂れた人家の間を縫って歩いて行くと、なるほど遊廓があったらしい家並みがあった。そこを抜けていくと、北東から東西に走る幹線道路へ出て、その向こうが川、さらに川の向こうが山崎なのだが、けっこう車の通りは激しく、やっと道路の反対側へ渡ったが、歩道らしいものはない。そこから北東のほうへ歩きだした。下のほうにもう一本道が通っていて、そちらへ降りようかと思ったのだが、間は単なる坂で、うまく降りられる道などがない。少し歩いたら、脇をびゅんびゅん車が走るし、太陽は照りつけるしで疲れてきて、もう帰ろうということになった。蛍はそれから西へ向かって芦屋へ行き、私は京都へ戻って宿に入ることにした。

ところが、予約したホテルのある場所はだいたい分かっていたのだが、名前を忘れてしまったのである。ホテルから来た予約メールを蛍に転送しており、それを見れば分かると思って、一人でたどり着くという展開を予想していなかったのだ。

私はこの少し前に、近所のセブンイレブンに申込用紙が置いてあったので、「エヴァンゲリオン・スマホ」というのを購入し、いろいろ苦労して使える状態にはなったはずなのだが、いまだに使い方がよく分からずにいた。それは手元にある。とにかくこのあたりだろうという方角へ向かって歩き出す。京都駅は私が大阪にいた一九九七年に大改装され、そのあとすぐガメラ映画でぶっ壊されたりしたのだが、少し出はずれると昔のままであり、とはいえあれこれ様子は変わっていた。大阪時代は、京都では東のほうにあるホワイトホテルというビルながら古ぼけた和室旅館に泊まったりしていたのだが、どうも今回泊まるつもりのホテルは見当たらないし、だいたい名前を忘れている。

ぐるぐるとそのあたりを回ったあげく、これはもう電話帳を見るしかないと、私は手近な電話ボックスへ入った。だが、電話帳はなかった。それはそうだろう。電話ボックス自体が時代遅れのしろものになりつつあるのだから。

だいたい道に迷うと、道端に立っている地図を見るのだが、その地図が見当たらない。さすがに心身が疲れてきた私は、そこにあった公的な建物へ入った。こういうところなら電話帳が備え付けてあるだろうと思ったのだ。それは下京区役所保健福祉センターというところで、幸いにしてそのあたりの地図があった。そこで京都駅前のあたりを見ていると「アバホテル」というのがあった。ちょっと違うような気がしたが、何かこんな感じの名前だったと思い、地図を頭に入れて、南のほうにあるそのホテルへ向かった。

それは何やらトロピカルな雰囲気の変なホテルで、私はカウンターへ行くと、自分の予約が入っていないか尋ねた。だが、カウンターの女性は、ないと言う。その際、カウンターに置かれた周辺地図を見ていて、同じ名前のホテル――つまり系列ホテルが少し東のほうにもあることに気づいた私は、そちらに予約は入ってないか訊いてみた。だがそれもない。

万策尽きた私は、例のエヴァ・スマホは電話だけは使えるので、蛍の携帯に電話して、ホテルの名前を聞きだした。それはリブマックスというのだった。名前さえ分かればこっちのもので、地図を見るとそれは七条通にちゃんとあった。

だが、やっとそのホテルへたどりついて中へ入ると、また私はぎょっとしたのだが、それは内装とかクラークとかが、

（日本人ではない……）

感が強かったからで、まあその東アジア人がやっていて、東アジア人が泊まる、という感じだったのである。それは、狭い通路を通って奥のエレベーターまで行って、乗り込むとますますそうなった。エレベーターの外にも中にも、享楽的なポスターが所せましと張り付けてあった。いざ部屋へ入ると、それは一般的に言ってホテルというより、安いマンションの一室だった。入ってすぐはキッチンで、しかしガスレンジも電子レンジも使えなかった。テーブルの向こうにポットがあり、梅こぶ茶の粉末があったが、一般的には備え付けてある緑茶のティーバッグはなかった。

奥は、和室だった。単身赴任した男が滞在する部屋としか思えない作りで、私はバッグを投げ出し、畳んで置いてある布団を眺め、仕方がないのでポットに水道から水を入れたら、蓋がちゃんと閉まらなかった。

和室は縦長の四畳半くらいか、右手と奥に窓があり、奥の窓からは京都駅方面が望めた。ちゃ

ぶ台があったから、座布団に座って一服し、少し呆然としていたら、湯が沸いたらしい音がしたから、仕方なく梅こぶ茶を入れて呑んだ。不味かった。

蛍は谷崎記念館のあと京都へ戻るが、猫カフェで夜まで時間をつぶし、七時に先斗町《ぽんとちょう》の入口で私とおちあうことになっていた。

私は布団を敷いて、カーテンを閉め、寝ようとした。すると、もう二十二年も前に、大阪で一人暮らしを始めた時のことを思い出して心細くなった。おそらくこの建物は、ウィークリーマンションとして建てられたのだろうが、関東から京都へ単身赴任してきた男が、現地で愛人を作って二人で心細く暮らしているさまが想像された。

あまりちゃんとは眠れなかったが、冷房は効いているから、疲れもとれて、日が落ちるのを眺めていた。起きて見ると、例のポットは、蓋がちゃんと閉まらないため、沸いた湯が蒸発してカラに近くなっており、あわててコンセントを抜いた。

地下鉄に乗って烏丸で阪急に乗り換え、河原町で降りたが、先斗町のあたりは若者でごった返していた。入口のあたりで蛍を探したがいないので、五分くらいして電話をかけたら、いると言うから、少し鴨川のほうへ出てみたらいた。

「なんでこんなところに立ってるの。入口って言ったでしょう」

「だっていまタクシーから降りたところなんだよ」

十年ほど前に、先斗町の古めかしい店の二階の個室で、うまいすき焼きを食べたことがあるので、その店を探そうとしたら、入ってすぐとっつきの右手にすき焼き店があった。ここかなと思って二階へ上がって行くと、ガラス戸の向こうが食べるところで、そこがカウンターだった。

「煙草は喫えますか」

と訊くと、カウンターのおじさんは、そちらでお喫いください、と言って指し示したのは、私らのいる後ろであったから、つまりは食べるところでは喫えないということだが、おじさんは委細構わず、どうぞ中へ、と言う。私は食べるところで喫えないのなら入る気はないので、そのまま下へ降りた。

(食うところで喫えないと言って客が逃げると思っていない)

のかと、私はやや憮然たる気持ちになった。狭い通りは西洋人と和服の若い女が多く、私はいくらか、店を探す気力を失って歩いていたが、蛍が、ここはどうか、と言い、見ると左手に、あまりぱっとしない食べもの店があった。

入口は土間になっていて、そこへ入って、出てきた、やはりぱっとしない和服のお姉さんに、喫煙席はあるかと訊くと、なぜかお姉さんは少し考えて、ありますと言った。そこで上がると、奥のほうの座敷へ案内された。

店はわりあいすいていたが、出てきた料理は、穴場ではないかというほど旨かった。だいたい私は、冷たい料理というのが嫌いである。懐石とか寿司とかフランス料理とか、食通がありがたがる食い物は、だいたい冷たい。ここのは温かい料理であった。

タクシーに乗ってホテルへ帰ってくると、蛍は部屋の様子や電気ポットの惨状を見てゲラゲラ笑った。

翌日は雨がざんざん降りで、二人でチェックアウトしたが行くところがなく、近くの喫茶店へ入って時間をつぶしたが、蛍はデパートでやっている展覧会へ行きたいと言い、私は興味がなかったので、以前よく行っていた駅の南側のデラックス東寺というストリップ劇場へ行こうと歩き出したが、近くまで来たら、灰皿が劇場の前に置いてあったから、ここも中が禁煙らしいと思い、駅まで戻る途中の喫茶店でまた時間をつぶし、駅近くで落ち合って帰宅した。

五月に、やっと念願の江知勝《えちかつ》へ行ってすき焼きを食べることになった。前もって電話して、喫煙できるか尋ねたら、大丈夫とのことだった。雨が降っている中、仕事帰りの蛍と現地集合で出かけていって、和室の座敷へ通ったら、灰皿がないので、仲居を呼んで訊いたら、喫煙所がある、と言うから、話が違うと、店主を呼ぶと、オリンピックを控えて東京都から禁煙推進のお達しが来ているとか言うので、それじゃ話が違う、と懇々と諭して、やっと喫えるようになった。そのあと来たさっきの仲居と話をしている私を見て蛍は、「君はどなりつけた相手と普通に会話するのがすごい」と言っていた。

その夏は暑かった。七月三十一日、谷崎の死去した日の翌日に、蛍が、友人の歌人・枡野浩一さんが阿佐ヶ谷あたりでやっている「枡野書店」で、谷崎潤一郎読み放題企画の店主というのをやった。ところが、朝方出かけた蛍が、肝心のタブレットを忘れていき、私に電話がかかってきて、持ってきてくれないかなあ、と言うのだが、ものすごい暑さだったから、無理だよ、と言うと、枡野さんの親友のSアララさんが取りに来てくれた。私は蛍が言った通り、部屋にあったタブレットを渡したのだが、実はそれは求めていたのと違うほうだったから、あとが大変だったという。かわいそうに思って、私は夕方ごろ、自転車で出かけたのだが、いくらか怪しい雲ゆきが、ぱらぱらっと驟雨になり、しかも上り坂で、私はほうほうのていで、道に迷いながら枡野書店へたどりついた。

そこには蛍のほかに二人の、私と同年輩くらいの男性がいて、談笑していた。映画の話などしていたが、そのうちに「蜂須賀」「ドードー鳥」といった語が出て来た。ほどなく二人が帰ってしまったあとで蛍に訊くと、蜂須賀正氏という大名華族がドードー鳥の研究をしていて、熱海に住んでいたから谷崎潤一郎と親しかった、というのだ。私はそんな話は初耳だったから、それはどこに書いてあるのかと訊いたが、妻はその二人からは名刺をもらったけれど、あなたには名前を教えないと言う。

それからほどなく、村上紀史郎《きみお》という人の『絶滅鳥ドードーを追い求めた男　――空飛ぶ侯爵、蜂須賀正氏　1903―53』という新刊書を駅前の書店で見かけたので、おっと思って立ち読みすると、正氏の葬儀の時に谷崎が「マサ、君は天才だったんだよ」と言ったと書いてある。だが、典拠がなかった。

いろいろ調べると、荒俣宏の『大東亜科学綺譚』（筑摩書房）に、谷崎が散歩の途中正氏に会って「マサ、あんたは天才だよ」と言ったとあるのを見つけた。葬儀ではない。だが、これも典拠が書いてなかった。私は荒俣氏に、失礼かと思ったがファックスを送って尋ねたが、返事はなかった。村上氏はフェイスブックがあったのでメッセージを送ったが返事はなかった。

ところがコロナ騒動で緊急事態宣言解除後、東京で百人を越える感染者が出たという二〇二〇年七月二日、村上氏から、いま気が付いたというので連絡があって、それは日本鳥学会の『鳥』という雑誌の、一九五三年の故蜂須賀正氏追悼号に書いてあるとのことだったが、その号を読むと、宇田川竜男という人の「蜂須賀さんと私」という文章に、「ある有名な小説家」が「マサは天才だったんだよ」と言ったとあるのみで、谷崎の名はなかった。

二十九日に、「シン・ゴジラ」が公開されていたのだが、八月二日の夜になって蛍が、観てくる、と言うから、それなら私も、と一緒に出掛けた。私は三十歳のころから、怪獣映画以外は映画館で観ないことにしていて、それまでもゴジラ映画だけは映画館へ行って観ていた。ゴジラ映画以外で観に行ったのは庵野秀明の「キューティハニー」だけだった。

映画館は混んでいて蛍とは離れた席に座ったのだが、喫煙シーンがないことと、従来のゴジラ映画との関係を断った展開、作品そのものがもたらす緊張に私は疲労した。終わって蛍と合流すると、蛍が「あー超おもしかった」などと言っているから、黙って外へ出て、ガラムスーリャマイルドに火をつけ、人通りのないところまで来ると、のちのち蛍が繰り返し語ったところによると、「ちょっとそこに立て」と言った私は、いかにあれが従来のゴジラ映画に対する敬意がないかを延々と説教し始めたという。「という」は変だが、蛍がその後繰り返しその時の恐怖感を語ったからである。

今では何度も観て、まあいい映画だと思っているが、従来からの怪獣映画ファンにはそれだけショッキングな映画だったのである。私にはこの映画の反米基調も軽薄なものと思えたが。

なおそれ以前のゴジラ映画で、ゴジラは「G」と略称されていたりしたが、女の人が「G」と呼んで忌み嫌うあの昆虫を、蛍もはなはだ嫌っており、その点ではきわめて女的であった。青い顔をして私の部屋へ来ると、出たからたたきつぶしてくれ、などと頼み、私が噴霧器でたたきおとしたのが落ちてくると、ひいいっと悲鳴を上げる。そしてもう絶命した哀れな小昆虫の死骸すら触れるのを忌んで、ティッシュにくるんでごみ箱へ投入するよう依頼するのである。

さらにまた、蛍は蚊取り線香の煙を苦手とした。今ではノーマットとかもあるが、それもダメらしい。私は蚊取り線香の匂いが好きなので結婚初期に焚いたりしたのだが、蛍が嫌がるのでやめてしまい、蚊の対策は何もしないことになってしまった。

二〇一七年になり、二月十一日に、駒場の日本近代文学館で、詩人の小池昌代さんが司会をして、私と女性歌人が朗読をするという催しに呼んでもらい、蛍と一緒に行ってきた。終わったあと、サイン会をして、蛍が待っているだろうと思って表から外へ出たが、広い前庭のあたりに見当たらず、おかしいなと思い、携帯電話もかけてみたのだがつながらず、仕方ないから帰途について半ばほどまで行ったら、後ろから「待って」と声が聞こえて、振り返ったら蛍が走ってきた。

「ひどいや、先に行っちゃうなんて」と言い、蛍は前庭で待っていたというのだが、明らかに見えなかったから、この時のすれ違いは神隠しみたいな怪事件だが、蛍は今でもふざけて、「トントンは私に分からないように通用口から出たりして」と言うから、私はゲラゲラ笑う。

蛍は「ひどいや」みたいな、少年めいた言葉遣いをすることがあって、時には「おいちゃ〜ん、おいらにもおくれよ〜」のような、田舎の子供言葉も使う。本人は落語に出てくる子供の真似だと言うのだが、私には大河ドラマ「風と雲と虹と」で吉行和子がくぐつのけら婆を演じ、少年に化けて「おいら知らねえなあ」とか言っていたのを彷彿とさせる。縞々の服なんか着て髪を後ろでたばね、食事のあとかたづけなんかしていると、海賊船で密航していたのを見つかって台所方の手伝いをさせられている冒険少年みたいに見えることがある。

あるいは、

「それは無理だよ」などと私が言うと、蛍は、

「えーブーブー」

と言うのだが、これは大した問題ではない時で、もうちょっと願っていた時には、「じゃあ、いいです」と寂しげに言う。ちょっと不満で話を切り上げる時は、「ガルルッ」と無声音で獣のうなり声を出す。以前はよく、私がバカなことを言うと「吹き矢、ふっ」と吹き矢の真似をした。

6

その頃何より大変だったのは、両親が生きていたころから、もう不要だがとっておきたいというような本やビデオはボール箱につめて実家に送っていたのが、父が施設に入ってからは自分で送って翌日自分でとりにいかなければならなくなった。そのため三か月に一度くらい実家に行っていたのだが、単に段ボール箱を受け取るだけで、少しずつ掃除はしたりしていたが、人が住んでいない家は傷んでいくし、誰もいない実家に行くのはつらかった。

二〇一七年二月になって、空き家管理の人を頼んだのだが、その直後、近くに中古マンションの三階が二千万で売りに出ているのを見つけ、これを買って実家を土地もろとも売り払い、実家にあった私の本その他を移動し、蛍がまるで管理人のようにマンションに通って整理するようになった。このへんのことは「実家が怖い」という短篇に書いておいた。

その六月、単行本の執筆依頼をしてきた若い男がいて、ではいっぺん会いましょうと、私は「平田山で、八日の午前十一時に」とメールして、駅を意味したつもりだった。ところが、その時間に行き、十分ほど待ったがそれらしい人が来ないので、電話したがつながらない。どうしたんだろうと困っていたら、ふと目の前に見たような顔が出現し、それが蛍だった。この編集者氏、いきなり自宅へ行ってしまい、蛍が駅まで連れて来たのだった。何も駅まで来なくてもと思ったのだが、途中、私がいるかもしれない喫茶店などを覗きながら来たというのだが、むしろ携帯電話をオフにしておいたのが困る。蛍の顔というのは目だった特徴がないので、遠目に見るとその人だと分からない。

依頼された本は一か月くらいで第一稿ができあがり、私は七月十七日から煙草をやめた。これは二年くらい前から気管支に障害が出て、まずいと思ったからだが、スヌースという口の中に入れてニコチンを摂取する「かみ煙草」を入手して、それで禁断症状を抑えた。

それでも禁断症状は普通にきつかったが、のちにスヌースをやめたら、いかにスヌースが効いていたか分かったくらい、そのあとのほうがひどかった。その年末に、依頼を受けて新書一冊を書いたのだが、これもスヌースをやっていたから書けたと言ってもいい。

電車に乗ると、以前は、これを降りたら一服できる、と思ったが、今度はそれがないから不安になり、実家を売る手続きで二度ほど浦和まで行かなければならなかったが、その時は蛍についてきてもらった。

その頃、三田大学の玉木淳秀という教授が、西洋史についての研究発表会をやるので、蛍にそれを聞いてレポートしてくれないかと言ってきた。ツイッターで蛍に目をつけたらしいのだが、この玉木というのは大学一年の時の私の同級生で、ジュンシューというあだ名で通っていて、「グンはバスでウプサラへ行く」という小説に出てくるのだが、その甲高い声での独特なしゃべり方を、時々蛍に真似して見せていた。

私の妻だということをどう考えていたのか知らないが、九月に、八幡山駅から歩いて会場の松沢病院へ行った。ジュンシューはいて、四十代のころから頭の髪の毛がなくなった状態だったが、同じクラスのTさんと妻が同じ高校だと話したら、「×××のTさん」と勤務先を言ったから、ちょっと意表を突かれた。そして、妻は岡崎出身で岡崎高校だけど、Tさんは豊田市から同じ高校へ通っていた、と言うと、

「いま、二つの町の話をしていますか」

と訊いたのが、私がいつも真似するジュンシューのしゃべり方をよく表していたので、蛍は、生で聞けた、と笑っていた。

十一月には、三日かけて、書庫マンションで「谷崎びより」を展開し、女性漫画家との対談や、谷崎作品の朗読などをやった。私もうち二日ほど出かけて、それなりに楽しかった。この時、蛍は女性漫画家と対談中に、天正少年遣欧使節の話になって、「えーと、伊東マンショ、千々石ミゲル、中浦ジュリアン、あと……」ともう一人が思い出せずにいたら、奥で聞いていた朗読の人が「原マルチノ!」と叫んだのが忘れられない。

翌年の春から、十年前に非常勤をした私立大で、週一コマだけの講義を頼まれていて、小田急線に乗って週一回午後に出かけていたのだが、ニコチン切れのせいか脚が疲れやすくてだるく、学生もあまりに反応がなく、前回とはかなり状況が違っていた。それに、出版不況がひどくなり、私の仕事もなくなってしまい、暇を持て余してビデオを観てばかりいることになった。

蛍はもちろん非常勤に行っていたのだが、六月に風邪をひいたのに休むと補講をしなければな

らないので無理して出講していたら悪化して、寝ていてひどい咳をしていた晩があった。私は医者へ行けと言ったのだが、もうこうなったら行っても無駄だとか言っていて、ひと晩中咳をしている。私は翌日大学へ行く夜で、眠れずに難儀して、とうとう四時ころ、居間へ行って寝たが眠れなかった。

翌日には咳は治まっていたが、当時私は小池昌代さんと連続対談をしていて、その話をしたら、いきなり、

「小谷野さん、ひどいっ!」

と言われたので驚いた。いや、私はもう煙草はとっくにやめてるんですよと、その話は前にもしているのにどうしたんだろうと思って慌てたが、小池さんは、こっそり喫っているんじゃないかと疑ってでもいたんだろうか。

その夏は記録的な暑さで、これも地球温暖化のせいなのだが、七月ころ、私はあまりの暑さに耐えかねて、大学へ行くのにタクシーを使った。ところがその大学は起伏の多い地形に建てられていて、正面から入ってエレベーターで八階まで行って、歩いていくと地面があるという具合だったのを、妙なところでタクシーを降りてしまったため、道に迷ってえらい目にあった。

猛烈な暑さで夏休みを迎え、蛍は友達二人と一泊で那須へ遊びに行ったが、その夕方、私はスヌースをやっているので咳が出ることに気づき、スヌースをやめた。するとその晩、眠れなくなり、睡眠導入剤を飲んだが効かず、冷蔵庫からたまたまあったワインを出して飲んだが眠れなか

った。

翌日の夕方帰宅した蛍は、台所が荒らされている、と思ったと言うが、私はそれから、ニコチンパッチを近くの薬局で売っているのを発見して貼り、ニコチンガムのニコレットを噛んで耐えたが、スヌース時代より激しい禁断症状に苦しむことになった。スヌースをやめて以来、夕飯を食べて九時には眠くなるようになり、以後しばらく、九時に寝る生活が続いた。

私たちの夕飯は夜八時からで、もともと朝そんなに早く起きないのと、早く食べると夜中にお腹がすくからだが、蛍は夕飯でお腹がふくれると眠くなることがよくあった。寝てしまうこともあり、そうすると九時に寝る自分としてはさほど変な感じがせずに寝られるから都合がいい。

「ねむいみん」

と、蛍は言い出す。子供のころも、夕飯時に眠くなる子だったそうで、母親から、

「蛍ちゃん、目につっかい棒する？　食べるのやめて寝る？」

と訊かれて、「食べう―」と言っていたという。「ねむいみん」の「みん」は「眠」だなどと言っていた。

蛍は寝る時に二つ枕を使っていて、なんで二つあるんだと訊いたら、片方は抱き枕だという。そしてその秋、寝ている柴犬の形をした抱き枕を買い、コタロウという名前だったから、コタと呼び始めた。

十一月にはやはり書庫マンションで「谷崎びより」をやり、女性漫画家が愛読者を前に旅の話

をするのを、私も禁断症状緩和にキシリトールガムを嚙みながら聞いた。私が行かなかった日に、新屋敷ゆずかが夫の車でやってきた。蛍は「善良な感じ」と言っていたが、私はゆずかを、美人だとか面白いとかは思ったが、善良と思ったことはなかった。そういえば色々変なことは言うが根は善良で邪心のない人だな、と改めて思った。要するに狡猾さや邪悪さがなくて、こういうことを書けば××新聞からかわいがられたり、何か賞をもらったりできるという働き方をしないのである。ゆずかの一人娘は、東大を出て東欧のほうへ行っていた。

年末から、蛍に教えられて、配信の、トルコの大河ドラマ「オスマン帝国外伝」を観始めたら面白くて、年明け、二月ころには一日に三話くらい観ていた。

五月中旬には、神保町で、天皇制反対でしかも九条改憲派だという新進の批評家・錦野亮太氏から指名されて公開対談をすることになっており、主宰元の編集長と錦野氏に、自宅まで来てもらって打ち合わせをした。錦野氏は三十歳くらい、小太りで、ツイッターで見ると酒飲みらしいが、バランスのとれた人物と見えた。

ところが、「令和フィーバー」を見ていた私は、この公開対談がテロに遭うのではないかという恐怖を感じ始めていた。断煙のせいか、私はノイローゼになってきたようだった。そのため当日は午後からそわそわと落ち着かず、焦った頭を抱えて現場へ向かったが、断煙のため自宅周辺以外へ行くことが半年ぶりくらいになっており、神保町の古本屋の前に立った時は、長く病床にあった人のようだった。

ニコレットを噛みすぎると咳が出るから、その日はニコレットをあまり噛まないようにして対談に臨んだが、私は聴衆の様子を、テロリストはいないか、という目で眺めた。その日は非常勤講師で大学へ行っていた蛍も来ていたが、私にはすがりつきたいような気分すらあった。

テロリストに襲われることもなく対談はぶじ終わり、聴衆がぞろぞろと帰るのを確認して、私は蛍と一緒に、夕食を食べる店を探し、イタリア料理の店でピザを食べ、ようやくテロの恐怖から解放されて、蛍にその話をしたら「ノイローゼ」だと言われた。

7

六月九日の日曜日、夕飯のあと、蛍は郵便局へ行くと言って出掛けた。蛍は博士論文をだいぶ前に書き上げていたのだが、なかなか審査されず、この春ようやく博士号を取得し、大学の公募書類をせっせと出していたのであった。ほどなく雨が降ってきたが、スヌースをやめて以来、夜九時になると寝る習慣の私は、すぐ寝た。すると電話が鳴っている。起き出して出た時には、別に不吉な予感はなかった。すると蛍で、いま交通事故に遭ったと言うから驚いたが、蛍は私が心配症の神経症なのを知っているから、努めて明るい声で、大したことはない、いま救急車を呼んでいるから来てくれと言う。

私はパジャマを脱いで着替えると、ニコチンガムをポケットに入れ、外へ出ると雨が降っていたから、傘をとって自転車に乗った。するとマンションの大家さんに会った。そこで「妻が事故に遭ったというので」と言うと「それは心配ですね」と言う。

自転車を走らせると、井ノ頭通りへ出る曲がり角のところが人だかりになって四、五人の人がいた。角のところに蛍が座り込んでいるようで、肩から毛布をかけられ、後ろから傘をさしかけている青年がいる。うしろに坊主頭の男が立っていたから、これが自動車を運転していたやつか、と思ったが、傘をさしかけていた青年だった。

蛍がこの道を帰ってくる時、左折しようとした車の運転手つまりその青年が、ブレーキと間違えてアクセルを踏み、蛍はそれを避けるためフェンスに激突したらしく、車そのものに当ったのではないらしい。

ほどなく救急車が来て、蛍は担架に載せられて搬入され、私も脇に乗り込んだ。蛍はさすがに青ざめていたが、我慢強い人なので、あとで聞いたらそれまで待っていた時に寒さが襲ってきて苦しかったという。左手小指が折れていたので、ひどく痛い、と言う。

これから病院へ行き、応急処置をして今日中に帰宅できたらいいが、と思った。近くに平田山病院があるのだが、救急隊員はせわしなく電話をかけていて、しかし軽傷だということで五軒の病院に断られ、新宿の国立国際病院というところへ行くことになった。やっと出発したのはもう十時だった。患者が多いのでけっこう待つことになる、と隊員に言われた。

私は子供のころ二度、本格的に車にはねられる事故に遭っているが、果たして救急車に載せられたかどうかは、いずれも記憶がない。

けっこう遠くて、病院に着いたのは十時半、私はいきなり右手の時間外外来の受付へ回され、そこで書類を書いた。字はしっかりしていたが内心はガクガクで、蛍とはこれ以来数時間会えずじまいだった。そこには数人の人がいたが、夜中に病院へ来る人のつきそいだからみな暗い感じは拭えない。本来は寝ていたはずだが緊張しているからあくびも出ない。読む本ももちろん持ってこないがあったとしても集中できなかっただろう。

数日前の夕食の席で、蛍は、私が高校へ入った時知り合いなんか一人もいなかった、と言ったら、かわいそうと言って涙を流した、そんなことを思い出した。もうちょっと前に、パンに塗るハチミツがなくなったので、私が薬局へ行った時大きめのプラスチック瓶に入ったのを買ってきたら、大きすぎると言って、それを片手にマラカスみたいに振りながら踊った蛍だったことを、この事故のことを思い出すたびに思い出して涙ぐんでしまう。

院内の案内を見ると、蛍は「ER」にいるらしい。「コードブルー」とか、ドラマの世界だが、現実はドラマのようにはいかない。トイレへ行ってこっそり電子タバコを喫ったり、脇へ回って自動販売機のレモンティーを買ってきたりした。ほかの待合人には、受付から声がかかったり、看護婦が呼びに来たりする。私の前にいた四十代かと見える女性のところへ看護婦が来て、「肺気腫、肺炎、敗血症」「延命治療」などという語が耳に入って暗い気分になる。

看護婦が「小谷野さん」と言いながらやってきたのは、もう十二時を回っていた。ところが、治療が済んだ、ではなく、「患者さんが排泄をした際に衣服が汚れてしまい、生理もきた」というので手渡されたメモ用紙は、下に「精神科」と印刷してあり、黒のズボンかスカート、ショーツ、生理用品、と書いてあって、それを地下一階の売店で買ってきてくれということである。私が、

「あの、今夜入院とかいうことになるんでしょうか」

と訊いたら、

「いいえ、それは今先生と話をしているところで」

とだけ言って行ってしまった。

私は蛍が失禁するような状態なのかと怯えつつ、地下へ行って売店を探した。そこ以外は暗いところが多い。ショーツと生理用品は見つかったがズボンまたはスカートというのがないので、店員に訊いたら、奥から持ってくると言い、別会計だと言う。

戻ってきて受付に告げると、さっきの看護婦がとりに来たので渡し、ということは診察はさっき始まったところだな、と考え、終わるのは一時十分くらいだろうと心づもりした。

やはり、一時過ぎに、受付から、「処置室へどうぞ」と言われ、そちらへ向かったが、大きな部屋がカーテンで区切られているだけで、どこか分からずにいると、「こちらです」と手招きする女性がいたので、行くと左手、蛍が寝ていた。若い男の医師が立って説明を始める。大きな怪我は左手小指の骨折で、包帯が巻かれていた。蛍は支えられて立ち上がろうとしたが、右脚がし

びれてうまく立てない。看護婦が車いすに乗せ、さっきの受付まで押してくれた。蛍はそれでも元気でよくしゃべった。

蛍の話では、隣の仕切りに交通事故を起こした中国人留学生が搬入されてきたのだが、日本語ができず、若い医師が英語で話しかけていたのだがそれもおぼつかず、「アレルギーはありますか」を「ドゥユーハヴアレルギー？」と言っていたという。英語ではアレルギーはアラジーである。阪大で教えていた時は医学部の学生が一番英語ができたのだが、医師がアラジーが分からないのか、と思った。私たちが受付へ戻ったあと、処置室から「うおー、うおー」という男の悲鳴が聞こえてきて、蛍が顔をしかめて、あの中国人留学生、お金もないみたい、と言っていた。私は事故がひどくて悲鳴をあげたのかと思ったが、医者の処置で、らしかった。

会計を済ませようとすると、交通事故だと健康保険は使えず、相手方からもらうことになると言われ、同意書か何かを書いた。そのあと地下で薬をもらってくれというから蛍の車いすを押そうとしたらすごく重い。ストッパーがかかっているのに気づかなかったのだ。あとで「ブレーキが掛かっていた」と言ったら、蛍は、

「トラウマでブレーキとかいう言葉は聞きたくない」

と言った。

あとはタクシーを呼んで帰るのだが、車いすをどこへ置いていったらいいのか分からず、夜間出口にいたおじさんに訊いたら、訊くたびごとに言うことがまちまちだった。結局外へ出て、そ

こにいた別のおじさんに声を掛けられ、そこに置き捨てていいと言われた。

蛍はよちよちながら歩くことはでき、タクシーに乗って家へ向かった。途中で歌舞伎町の脇を通ったので、私は初めてあの病院が新宿の東側にあったのだと知った。

しかし、これからやることが山積している。事故現場には、蛍の事故で歪んでしまった自転車と私の自転車が乗り捨ててあるから回収しなければならないし、警察に連絡し、運転手との示談交渉をしなければならない。これは友人の弁護士に任せることにした。蛍はこれから近所の整形外科に行って再度診てもらうよう言われている。

夜中の三時近くなってようやく家にたどりついた。断煙してからこんなに遅くなったのは初めてだった。もちろんまだ緊張と不安は残っている。蛍はベッドに入ると、柴犬のコタロウに、

「コタ〜。おばちゃんズタボロだよー」

と言っていた。


だが私は朝七時に起こされ、しかし雨が降っていたので自転車の回収はできず、警察に電話して運転手の名前を聞き、保険会社から電話があったので、弁護士の友人に保険会社との折衝を依頼した。十時ころにはタクシーを呼んで、セントマークスというマンションの下にある整形外科へ行ったが、交通事故なら費用は保険会社が払うので、保険会社に電話してこの病院へ連絡するようにしてくれと言われて電話した。蛍は、

「わたし一人だったら大変だった。疲労困憊していた」

と言っていた。

しかしそこで二時間も待って、医者は「手術を勧めるけれどここではできない」と、平田山病院を示唆された。私は四時間しか寝ていないのでボロボロで帰りたかったが、蛍は今すぐ平田山病院へ行きたいと言い、雨の中歩いてジョナサンへ行って昼飯をとり、蛍はタクシーで病院へ、私は事故現場で降りて、大家に会おうと思ったがどこだか分からず、とりあえず私の自転車だけ回収して家へ帰り、六時までこんこんと寝てしまった。

起きたがまだ蛍は帰っていない。六時過ぎに帰ってきて、水曜にMRIを撮りに行き、金曜から二泊三日で入院して手指の手術をすることになった、全身麻酔だという。

私は、手の外科手術だから局部麻酔で日帰り、と思っていたので、ちょっと心配になった。病院の院長にも会ったと言い、トランスジェンダーらしいと言っていた。男だが女のような顔で、化粧をしていたと言う。

その日は夕食後すぐ寝て、次の日私は朝九時まで十二時間ほど寝ていた。しかし蛍が、マンションの大家さんと、事故の時サンダルを貸してくれたIさんという近所の人に会いに行く、というので一緒に出かけ、ファミマでお菓子を買って、先に大家さん宅を訪ねた。前にコミュニティストアというコンビニをやっていた人たちなので顔見知りで、しかも七十代くらいの旦那さんは、私が『音楽の友』の取材を受けた時にそれを見ていて声をかけてくれたことがあった。

ところで、警察へ提出する診断書を新宿の病院で貰わなければならないのだが、医師は、いつ出るか分からない、とにかくいっぺん来てくれと、何やら二度行かなければならないかのようなことを言うし、貰った書類には患者本人がもういっぺん来て診察を受けるようにと書いてあるし、電話して訊いたら、ほかの病院にかかっているなら本人でなくていい、というので、その日の午後私が行くことにした。

すると、近ごろ私の収入が減っているのを気にしていた蛍は、家でできるアカデミックな仕事の説明会があるので神保町へ行くと言い、結局二人で出掛けることにした。私たちは京王線の新宿行きに乗り、蛍は笹塚で降りた。

ところで蛍は少し前に、私は外で緊張しすぎだと言ったことがあった。電車のプラットフォームでは、真中に立って脚をふんばり、後ろでタタタタと足音がすればすわ刺客かと振り返る。だが今度の事故で、世間は危険がいっぱい、と分かったと言い、

「正直すまんかった」

と言う。蛍は自分が間違っていたと思うとこのセリフを口にする。

大江戸線の若松河田駅からすぐらしいが、面倒だし新宿西口でタクシーに乗ったら、けっこうかかった。病院ではあちこち窓口をたらい回しされ、二週間くらいかかる診断書はレターパックで送ってくれることになった。

この時、私はちょっと不思議な気分になった。それまで断煙で半病人のような生活をしていた

のが、何だか普通人に戻ったような気がしたのだ。

翌日蛍はＭＲＩを撮りに行ったが、このあたりから私は手術への不安がむくむくと大きくなっていった。それでその日予約していた精神科へ行くのも忘れた。特に全身麻酔というのが怖かった。

断煙の禁断症状として、一つことを落ち着いてやれない、というのがある。ただでさえそうなのに手術への不安で、私はアマゾン・プライムで一九八四年の「ゴジラ」を観たり、本を読んだりしていた。

金曜日、入院の日は、一時ころ昼食をとり、蛍は徒歩で、私は自転車を転がして病院に向かった。コタも連れて行った。病院は三年前に改称したもので、整形外科が中心なせいか、リハビリに来る老人であふれ、田舎のちょっと大きい病院のようで、中は狭かった。蛍は三階の六人部屋の右手真中のベッドで、蛍と同年だという小太りの看護婦が来ていろいろ記入していた。蛍はタブレットを持ち込んで、私がテレビ番組を焼いたＤＶＤを観ようと思っていたが、あっ、イヤホンを忘れた、と言うので、私がいったん家へ取りに戻ったりもした。看護婦の説明では、明日九時から最初の手術があり、二番目が蛍なので十一時ころ始まり、手術自体は短いが前後があるから二時間くらい、私が病室で待っていればいいが、そうでないと終わったということは知らせてくれないそうだ。あと手術のあと麻酔が覚めかけて譫妄《せんもう》状態でおかしなことを口走ることがあるという。蛍は不断でさえ寝ぼけることがある。しかも当日は午前四時から飲みものはとれず、手術が終わってから早くて夕食が最初の食事になるという。

私は病院の雰囲気がつらくて、そろそろ帰りたくなってきたのだが、医師の説明があるというので、蛍と二階のナースステーションへ行った。ここも狭い部屋で、その奥で、背が高く固太りの、浅黒くごつい顔つきの医師が、「します……なんで〜っていうと」みたいな合いの手を入れつつ説明した。蛍の手には金具を入れて固定するので三日くらい痛いと言う。

「今まで痛くないと言ったのは一人だけで、九十六歳になる松代藩の武家の出のおばあさんが、痛くないですと言って脂汗流してました」

その他、リハビリ中に病院を脱走したために手術した手が腫れあがってしまった二十六歳の女の話など怖い話も聞いたが、手術した医師について「そこの院長ですが名誉教授で、技術があって論文も多くて性格が悪いという、出世する条件を備えた人で」と言ったのがおかしかった。なぜ全身麻酔なのかと私が訊くと、蛍の希望だと言う。蛍は子供のころ扁桃腺の手術を局部麻酔でやったらものすごく痛かったから、と説明した。

病室へ戻った。ほどなく、若くて美人の看護婦が来て、右腕に点滴の針を刺すというので見ていたら、どうも手際が悪く、いつまでもぐじぐじやっている上、蛍の顔が苦痛に歪みだした。

「あの……痛い」

と言うので看護婦は針を引っ込めたが、蛍は苦しそうで、吐き気がするらしく、ガタガタ震えだした。

「じゃああとで」

と言って看護婦は行ってしまい、蛍は震えながら、コタ貸してと言うから渡し、さっきの同年の看護婦が来て下に敷かれていた毛布をかけた。すると蛍は「楽にはなった」と言い、小さな声で、看護婦が下手で五分もぐちゅぐちゅやっていた、殺されるかと思った、と言う。それで私は同年の看護婦を呼んで、別の人にやってもらうようひそひそ声で言った。「それ済んだら（看護婦に言ったら）帰っていいよ」と蛍が言ったので帰宅した。するとメッセージが来ていて、あのあと別の看護婦がやってくれて一瞬で済んだ、とあった。私は、

「見ていて寿命が縮んだわ」

とメッセージを送った。するとコタの写真つきで
「ぼくもだよ！」

と返ってきた。酒の飲めない私が、ビールが飲みたい気分になった。

疲れてはいるが明日の手術があるから眠れはせず、「ゴジラ」の続きを観て、前からやっていた昔のカセットテープの落語をデジタル化する作業をしたが、六時過ぎころから蛍のいない家がぞうぞうと寒気がするような気がしてきて、八時に買ってきたオムライスを温めて食べると、蛍からまたコタの写真つきで、

「晩めしはピザですか？　ぼくんとこは八宝菜でした。もうすぐねるです。おやすみわん」

というメッセージがあった。ピザをとって食べる、と言っていたからだ。

「オムライスを食べたよ。このあと寝る。いい夢をね」

と返しておいて寝についた。その夜から雨になるということだったが、いつもは九時に眠ってしまうのが眠れず、十二時ころ、雨が降り始めたころに眠った。途中で、寒くなってきたので押し入れからタオルケットを出してかぶった。

それでも六時過ぎには目覚めてしまい、蛍との間ではファンシーパンと言っている菓子パンを食べて、また緊張していると、コタの写真つきで「おはワン」というメッセージが来た。私は「寒いから布団出した」と返した。ほどなく、またコタの写真で「11じくらいから　しゅじゅつだよ　がんばるよ」と来たから「がんばってね」と返して緊張した。

外は雨で、あちこち電話したがタクシーは捕まらなかった。確認するとそう大降りでもないし、傘をさして自転車に乗り病院に行った。蛍のところで待っていたが十一時過ぎてもなかなか呼びに来ない。やっと同年の看護婦が「四十五分からです」と言ってきて、準備をし、ストレッチャーに乗って蛍が一階の手術室へ入るのを見送り、いったん家へ帰ってきた。だが疲れているのに、心理的にベッドに横になることもできなくなり、自室でパソコンの前でかなり固まりながら落語のデジタル化などをやり、時が過ぎるのを待った。十一時四十五分始まりだから、一時半になったら行こうと思ったが、雨はさっきより強くなっていた。

自転車を飛ばして行ったら、蛍はもうベッドに戻っていて、口に酸素マスクをし、弱々しい声で「やあ」と言った。譫妄状態を見ることにはならず、一時間ほどしたら看護婦がマスクを外し、

言われて私は二階の自動販売機までリプトンティーを買いに行き、紙コップに入れて蛍に手渡すと、飲んで、

「んめえ。ネクターか」

と言っていた。朝からの断食断水だからうまいだろう。

蛍はだんだん元気を回復し、声もしっかりしてきたので、四時少し前に私は家に帰った。雨は小やみになっていた。とりあえずほっとはしたが、まだ神経が完全に元には戻らなかった。

私はエル・ファニングがメアリー・シェリーを演じる映画をレンタルしていたので、それを観てから寝た。翌日は、蛍の退院を迎えるためにまた自転車で病院へ行き、徒歩の蛍と帰ってきた。しかるに蛍が、翌日はもう千葉のほうへ仕事に出かけると言う。あまり休むとあとで補講をしなければならないのだ。蛍が出かけるのを不安な気持ちで見送ったあと、私が一週間の疲れをどっと感じて寝込んだ。昼過ぎにはそれも治ったのだが、夕方になって、ニコレットを嚙もうとして、胸のあたりに異常を感じ、決心してニコレットを断つことにした。蛍は中央線で阿佐ヶ谷まで来て、そこから「すぎ丸」という小型バスで帰ってくるので、帰る時間になるとそわそわとそのへんまで見に行ったりした。

蛍は無事帰ってきたが、私はあとになって気づいたのだが、事故以来、世界に人質をとられたような気分になって、それまで映画など観てはアマゾンレビューで一点をつけたりしていたのが、このあとぱったりなくなった。

しかし、ニコレットというのはそんなにニコチン含有量が多いわけではないのだが強力なようで、煙草はやめたが十年間ニコレットを噛んでいる人とか、ニコレット中毒になった人とかがいる。私も断ったあと、痰がからむようになって声がおかしくなり、しばらくは元気のない状態が続いた。断煙で起きることのある中途覚醒に悩まされて、精神科へ行って睡眠薬をもらったりした。蛍は大学のない日はリハビリのため病院へ通っており、まだ自転車に乗れないから歩きで行っていた。

その頃私は有吉佐和子の『ぷえるとりこ日記』を読んでいて、割と面白かった。蛍の顔だちがちょっと有吉佐和子に似ていると言ったら、当初は、有吉佐和子は尊敬している、などと言っていたのが、のちにはそうでもなくなったのか、ブスなんだ、などと言うようになった。当人は、中学時代の写真を見ると長谷川町子に似ていてショックだった、と言っていた。

蛍は事故がショックだったようで、もう一度何かあったら、あたしは洗礼を受けてキリスト教になる、と言っていた。「僕」という一人称が「あたし」に変わっていた。

8

七月に入ると、事故のため一週間大学を休んだ蛍が補講をすることになった。そのため三日くらい続けて大学へ行くことになり、千葉からいちいち帰ってくるのは大変だからあちらで宿をとるということになり、それならと、私も船橋で二泊することになった。

太宰治も泊まったという、有名な老舗の割烹旅館をとったのだが、想像以上に古くて変な宿屋で、明らかに料亭の二階というところへ案内され、鼠の形をしたずた袋みたいなもののついた鍵を渡されて、蛍は笑いころげていた。この年の梅雨の寒さがちょうど船橋滞在中にひどかったが、二日目に蛍の友達と三人で南船橋まで歩いたあとで食べた天ぷらそばがうまかった。ところでこの割烹旅館は、翌年のコロナ騒動のさなかに閉店してしまった。考えると、八景亭も江知勝もあか羽も、蛍と行ったあと数年で閉鎖されていた。

帰宅してからは、痰が絡むのがまた悪化し、仕事もなしで、七月の二十日ころに下痢をしてからは、腹具合が悪く、暑い八月になって、どうも便が赤いように思って、大腸がんの恐怖を感じつつ生きていた。八月半ばから少し暑さがゆるんだので、蛍がリハビリで病院へ行ったあと、時間を見計らって途中まで出迎えに行ったりもした。

八月末のある午後、私は疲れてベッドに横になっていたが、ふとトイレへ入って放屁したが、妙な感じがしてトイレットペーパーで拭いてみたら、血がついていた。ああっと思い頭が真っ白になった私は、蛍の部屋へ行ってこのことを告げると、蛍は、気にしているより医者へ行ったほうがいい、と言って肛門科を探してくれ、明大前にあるのが分かったが、タクシーを呼んでも混んでいて来なかった。仕方がないから電車で行こうということになり、私は蛍につきそわれて平田山駅まで歩いた。その日は夕焼けで蒸し暑い中を、私は死の恐怖でぼうっとなりながら歩いて

いたが、途中に新しくできた老人ホームがあった。蛍は、

「あたしは将来ここに入ろうと思ってるんだ。でも半世紀も先のことだな。そう思ったら人間ってアホほど生きるんだな」

などと言っていた。私は、あと二十年くらいはこの人と生きていきたいな、と考えていた。

その時は、内痔核、つまり痔の診断が下ったのだが、私の先輩だが面識はなかった大学教授が、痔と診断されたが誤診で大腸がんのため死んだ話を聞いていたから、私は安堵しなかった。果たして再度血便を出した九月、蛍が通っていた平田山病院へ行き、検査の結果、二センチの大腸ポリープが見つかり、十月に阿佐ヶ谷の病院でそれを切除し、良性だったという結果が出たのは十一月のことだった。蛍は病院までついてきてくれたが、仕事があるのですぐに行ってしまった。切った大腸ポリープにはフレデリックという名前をつけた。これはツイッターで、大腸ポリープを切除してフレデリックと名づけた人のことが書いてあったからだが、蛍は、「あれはいい子だよ」と言っていた。大腸ポリープは見た目で良性か悪性か分かるのだ。私はすぐ蛍に「良性」とメールを打った。ほどなく蛍から、

「よい子！　フレデリックはよい子！」

という返信が返ってきた。

幻肢痛

母が肺がんで死ぬまでを描いた『母子寮前』に、当時四十四歳だった私が、谷崎潤一郎は五十歳で煙草をやめたから、自分も五十になったらやめる、と母に言う場面がある。母は、なるべく早くやめてほしいようで、「何でも谷崎先生ねえ……」と悲しげに言うのだが、どうやら世間の人は、私が母への気休めでそんなことを言ったとでも思っていたらしい。いや私は本気だった。六年後、私は五十歳になり、煙草をやめることは考えた。だが、やめられなかった。煙草を喫い始めてから、やめたのは二十三歳の時、英文科の大学院の入試に落ちて、一念発起して半年だけやめたのが最後である。途中で志望を変えて比較文学の院を受けて、一次試験に合格したのを掲示板で見た駒場キャンパスで、確かマイルドセブンを買って半年ぶりに喫ったのを覚えている。

その時はごく簡単にやめられた。その十か月ほど前に、教育実習で地元の出身中学に二週間行っていたが、その時はもちろん喫えないから、九時から三時ころまで喫ってはいなかった。途中で一度だけ、こっそり喫ったことがある。いずれにせよその当時は、その程度の喫煙ぶりだったというわけだ。

喫煙量が増えたのは、何といっても、大阪へ行って不安神経症を病んでからである。その初期に、喫煙が原因ではないかと思い、一日に四本しか喫わず、あとは寝て暮らした一日があったが、翌日は体がナマコのようにぐにゃぐにゃになっていた。

世間では、喫煙者が煙草をやめると、イライラして当たり散らすというイメージがあるようだが、むしろうつ状態になることもあり、一定はしていない。

一度だけ、「禁煙外来」というところに行ったことがある。三十六歳で東京へ帰ってきた時のことで、これから結婚するつもりだった女からやめるよう強く言われたためで、自分でもそれでやめられるかどうかは半信半疑だった。医者は、十数人の患者を前に、ニコチンパッチの説明をし、「これは、魔法の薬ではありません」と言い、みなさんの強い意思がなければタバコはやめられない、と言った。パッチには大、中、小とあり、大には煙草十八本分のニコチンが含まれるとのことで、私はこの大を持って帰り、翌朝起きると腕に貼った。だがその日は大学で開かれる某学会に誘われており、怖いから煙草も持って行ったが、やはり怖いことが起きて、喫ってしまった。だから六時間ももたなかったわけである。

それまでは、マイルドセブンスーパーライトを喫っていたのが、東京へ帰った時、実家のそばの自販機でベヴェルライトというのを買ってからこれに変え、住んでいた三鷹の自販機で、ガラムスーリヤマイルドというインドネシア煙草を買ってみたら美味かったので、この二つを交互に喫うようになった。ガラムは東南アジアの香料だが、煙草のほうは火をつけるとパチパチとはぜて、服に焼けこげを作ったりしたものだが、とにかく美味い。ところが、どこにでも売っているというものではないので、その後転居を二度するうち、入手困難になり、ガラムを売っていた近所の煙草店が閉店してからは、通信販売で買うようになった。

この「ガラム時代」は、十八年も続いた。その間に私は離婚し、転居し、再婚したが、ガラムはなくてはならない煙草になっていた。時おり、私がガラム好きなのを知った人が、缶入りのガラムスーリヤをくれることがあったが、「マイルド」がついていないこちらは、きつくてとても喫えなかった。私のガラム耽溺はひどく、その後あちこちが禁煙になり、外出するとあまり喫えないので煙草に飢えて帰宅する時など、脳裏には、机の前に座ってガラムを一服する情景が浮かぶほどで、電車を降りて駅の外へ出ると、物陰を見つけてガラムに火をつけると、ほっと一息つくのだった。

こういう中毒ぶりはまずいな、と感じるところがあって、その頃から私はアル中がひどくなった場合について知るところがあったし、それと比較したらこのニコチン中毒もまずい。その後の禁煙ファシズムの流れの中で、ウェブ上で私に「ニコチン中毒を強く疑ったほうがいいです」などと言ってくる者がいて、疑うも何もニコチン中毒だよ、などと答えていたのだが、五十を過ぎて、これは何とかしないとまずい、と思い始めた。

前世紀の終わりから、飛行機が全面禁煙になってしまった。私はそれ以前から、不安神経症のために、もともと苦手だった飛行機に乗れなくなって悲観していたので、いっそこれでどのみち乗れなくなったのだからいいかと思っていたが、世間では喫煙家で通っている人が飛行機で海外へ行ったりしている。聞くと、飛行場の喫煙所で喫いだめをすると言うのだが、ニコチンというのは実は喫いだめはできないのだ。

私は愛煙家という表現が嫌いで、別に煙草を「愛」してはいないから、喫煙家とするが、喫煙家の中には、一日に四本から十本程度、という人もいるし、中には、都合で一日や三日喫わなくても平気という人もいるだろう。私などは、あの比較文学の大学院の合格発表の日から、一日も欠かさず喫い続けているのだ。

歌舞伎の中村歌右衛門がチェーンスモーカーだなどと言われていたが、歌舞伎役者は、舞台に上っている時には喫っていないし、もちろんそれをいえば私も大学で教えていた時は授業中は喫っていなかったが、その後大学で教えることがなくなると、寝る時と食事と風呂のほかはのべつ喫っていることになってしまった。

ちょうど近所の、ガラムを毎日買いに行っていたたばこ屋のおばあさんが、ふっと入院したかと思うと死んでしまったのが私が五十二歳の時で、そのころから私は、気管支に限界を感じ始めていた。煙草を喫うと咳が出るので、なるべく控えようと思った。実際、私はよく近所の図書館へ行くのだが、途中で買い物をしたり、図書館で調べものをしたりして、自転車で往復すると三、四十分はかかる。以前は煙草を喫いながら行っていたのを、煙草を持たずに往復することで、煙草を減らす訓練にし始めていた。そのため、途中で九十歳のおじいさんが自転車に乗っていたのに追突されて、おじいさんが転げて額から血を流して警察が来た時などは、近所のコンビニで煙草とライターを買って長い取り調べに備えなければならなかったりした。

おばあさんの店は、そのままつぶれてしまい、私は通信販売でガラムを入手することになるのだが、これが存外面倒で、こちらからメールで注文すると、半日ほどしてあちらから合計金額を教えてくるから、そこで振り込む。だが毎回同じように買っているのだから、あちらの返事を待たずに振り込んでしまったことがあった。すると、何やら注意されたから、むっとして電話をかけるとおばさんが出て、別に少し先に払ってもいいではないかと言っても、けんもほろろに「それなら別の店を使っていただいても」などと言うから、むっとして別の店に変えた。

新しい店のほうも、向こうから返信が来てからの支払いだったが、こちらは早くに返信が来た。この店ではおまけとして別の煙草もつけてくれたが、その中に、スヌースがあった。かぎたばこ、としてあるが実際は口の中に入れるもので、煙草の葉を布状のもので包んだ小さな包みを口の中に入れると煙草のような味わいがあるのだ。

そのうち、このスヌースを使えば気管支の障害も何とかなるのではないかと思い、年明け、ウェブでスヌースを売っているところを調べると、吉祥寺にあるようなので、出向いた。ところが、煙草店はあちこちつぶれていて、ぐるぐる吉祥寺の北側を歩き回って、結局見つけられず、帰宅して改めて調べ、電話して、笹塚にあるカメラ屋で売っていることが分かり、そこへ買いに行き入手した。もっともこの時点では、煙草と併用である。

その春、埼玉県にある実家を売って、いま住んでいる場所の近くの安いマンションを購入して実家にある私の本を移すことになり、いろいろ大変な思いをしてマンションへ移したことは短篇「実家が怖い」に書いた。だがそのマンションでの書籍整理が終わりかけた二〇一七年七月十九日、私の気管支が限界を迎え、煙草を喫うと咳をするようになって、とうとう私は三十一年ぶりに煙草を断ったのである。一日も喫わずに終えた時は感無量だった。

世間では「禁煙」などと言うが、酒をやめるのは「断酒」なのだから、タバコをやめるのは「断煙」のはずで、いつも断煙と私は言うのだが、あとの話だが「ダンエンしていて」と言ったら、塩を断ったのだと思った人がいた。それは塩断ちである。

その一方で、私は海外の電子タバコを購入していたのだが、これは日本の電子タバコのような、タバコ状のものを熱するタイプではなく、ウルフティースという、ニコチンのリキッドを注入しておいて、パソコンから充電し、その熱でニコチンを気化させるものだ。当時私は日本の電子タバコを試したことがなかったが、一年後にやってみたら、日本のものは本物の煙草並みにきつかった。ウルフティースはそうでもなく、スヌースに比べたら気休めにしかならなかった。

しかしこれは、スヌースでニコチンを補給しながら、なのである。煙草はやめたが、ニコチンはやめていないのだ。それでも、苦しかった。それに、煙草をやめると咳が出るようになった。これは検索するとよくあることのようである。さらに、煙草をやめているだけで精一杯になり、マンションへ整理に行くことはできなくなった。だが、煙草を三十一年ぶりにやめた達成感が最初は大きく、苦しいながらに高揚感はあった。ほかに禁断症状としては、歯が浮くというのがあり、正確に「浮く」かどうかはわからないのだが、それに似た感じはずっと続いていた。

しかしそれから二週間ほどして、芥川賞についてアメリカ文学者の玉澤清実さんと対談するために吉祥寺へ行こうとして、愕然としたのは、電車が怖いのである。

私はもう二十四年前に、特急など長く止まらない電車に乗るのが怖いという不安神経症にかかり、その時はほぼ治っていた。しかもこれは駅間のごく短い各駅停車なのだが、以前は電車に乗ると、「降りると煙草が喫える」と思っていたのに、今では降りても喫えない、それが怖いのである。

事故などで手や脚を失った者が、ないはずの手脚の痛みを感じるのを「幻肢痛」というが、いわば断煙の幻肢痛である。

禁煙ファシズムが燃え盛ると、映画やドラマから喫煙シーンが消えて行った。中には、過去を描いた居酒屋など、絶対誰かが喫煙しているといった場面でもなかったりした。これは不快だったが、全編誰も喫煙しないと、観ていて息苦しくなったものだ。

柄谷行人は、たぶん今でもタバコはやめているが、かつて、大きな本屋とか図書館など、喫煙できないところには怖くて入れなかった、と言っていた。私は本屋や図書館など、本のあるところではわりあい平気だったが、電車や喫茶店、食事をするところが鬼門である。

電車に乗れない病気で、親しい人に付き添ってもらう、という人がいて、谷崎潤一郎も友人に付き添ってもらって乗ったことがあるが、私の場合、そういう知人がなかったからか、そういうことはなかった。だがこのあと、実家の売却の手続きで浦和へ行くことになっていたが、電車に乗るのがかすかに怖かったから、妻についてきてもらった。するとわりあい楽で、手続きが済んだあとも禁煙の店で難なく食事ができた。

　だが全体としては苦しいのである。ところが、断煙の苦しさを記述している文章があまり見つからないのである。唯一、そうそう、と思ったのは柄谷で、柄谷は四十代で一度断煙に失敗しているようで、その間に例の中野孝次との罵りあい事件もあったようだ。のちに中上健次相手にその時の話をしていたが、九か月やめていたがあまりの苦しさにとうとう喫ってしまったという。

　ウェブ上に、禁煙日記などありそうなものだが、見つけても、妙に気楽にやめているのが多い。糸井重里の禁煙日記というのもあったが、八十本を喫うヘビースモーカーだったと言いながら、ニコチンパッチを貼ってわりあい簡単にやめている観があった。もっともこれは糸井の三度目の「断煙」で、一度目はやめてすぐ、判断ができなくなり、周囲の勧めで喫ってしまい、二度目はやめてから二日間部屋にこもり、毛布をかぶって泣いていたという。

　アニメ演出家の高畑勲もヘビースモーカーだったが、八十前に医者や周囲の勧めでやめたという、その経緯を書いているのだが、医者に相談に行った時に数時間喫っていなかったために頭がぼうっとなった、と書いているのに、いざやめると決めたらあっさりやめられたと書いている。そんなバカな……。

精神的にはうつに近くなるし、咳は出るし、あと下痢のような症状が出る。これは、おならの回数が増えて、それがおならだと思って出すと軟便だったりする、厄介なもので、いっぺんパンツを汚してしまい情けなかったこともある。

咳に、肺の痛みもあり、これは喫っている時にもあったが、胸郭《きょうかく》が凝る。上半身を動かすとボキボキいう。

どうやら世間では、咳とか肺の痛みを、毒が外へ出ているというデトックスのようなものだと思っている人が多いらしく、医者の中にも、「肺がもとに戻ろうとしている」などと言う人がいるらしい。以前読んだ禁煙マニュアルみたいな本でも、禁煙して苦しい時は水を飲みましょう、そうするとニコチンが外へ出て行く、と書いてあった気がする。

おそらくこれらは嘘である。ニコチンの半減期はわずか三十分で、すぐなくなってしまうから、中毒者は次から次へと煙草を喫わなければならなくなるのだ。だから、やめたあとはニコチンなんかすぐなくなり、ニコチンがないことの禁断症状で咳が出たり肺が痛かったりするのだ。だが人は、毒が出て行っている、と考えたほうが苦しいのを我慢しやすいので、そのように嘘も方便で言っているだけである。私の場合、断煙後には、顔にびっしり苔のように垢が浮きだしたが、これもニコチンがないことによるストレスによるものだ。

禁断症状について調べようとウェブを検索すると、禁煙ファシストや禁煙派による、あなたは今すばらしい世界へ旅立とうとしているのです、ここを我慢すれば、みたいな文章に出くわす。

これは実に鬱陶しい。私が知りたいのは、こういう症状が一般的なのか、いつまで続くのかということなのである。そしておおむね、ウェブ上などでは、禁断症状の期間を短めに書いていて、三週間もすればおさまる、などとしている。それはよほど軽いスモーカーの話である。厚生労働省のサイトでも、禁煙後苦しいのは三日後で、そのあとの禁断症状も二〜三か月で消失するなどと書いているが、大ウソである。

玉澤清実さんは、初めて会った十年ほど前には煙草を喫っていたが、久しぶりに会ったらやめていた。聞いてみたら、やめて正常に戻るまで一年はかかったと言っていた。玉澤さんは十年ほど喫っていたと言い、「小谷野さんみたいなヘビースモーカーなら二年か三年はかかりますよ」などと脅された。

禁断症状はほかにもある。指にささくれができる。健康の指標になるという爪の半月がなくなる、など、ストレスからくる症状があらわれる。

その上私は、不安神経症を病んでから、二十二年にわたって精神安定剤を呑んでいて、これで断煙をするのは難しいだろうと思っていたし、実際難しい。ニコチンパッチを購入すると、重い心臓病の人などは使用しないでくださいという注意書きの中に、「うつ病」の人、というのがある。なるほど断煙はうつを悪化させるだろうが、とするとうつの人は断煙ができないということになる。

私はうつではないが、マイナートランキライザーのセパゾンと、うつの薬として使われるドグマチールを毎日呑んでいた。セパゾンのほうはベンゾジアゼピン系と言われ、そのころ、長く常用するのは危険だなどと言われており、十月に断煙でなおも苦しんでいる私は、それなら薬もやめてしまおう、と考えた。

当初、一日おきに呑むことにし、ある日はセパゾン、次の日はドグマチール、と呑んでいったのだが、セパゾンを呑まなかった日が結構苦しく、あれこれ調べて、少しずつ削るしかない、ということになった。アシュトン・マニュアルという海外でできた、薬を削るための里程標もあった。

この時驚いたのは、ウェブ上に、「断薬日記」をアップしている人の多いことだった。あとで断煙日記を探してろくに見つからなかったのとは対照的だった。もっとも、それらを書いている人が最初に呑んでいた薬の種類と量は私よりずっと多かった。アシュトン・マニュアルでは、薬は二十分の一ずつ削って二週間、さらに二十分の一、ということだったが、これがなかなか思うようには行かず、不安症状に悩まされた。ドグマチールのほうは特に禁断症状はないように思ったが、呑まずに五日ほどたったら、ひどい吐き気に襲われるようになり、医師に相談してセパゾンが済んでからドグマにとりかかることにし、前通りに呑み始めた。

その時私ははっと気づいたことがあった。二十二年前に、これらの薬を呑み始めてから半年後に、私はひどい不安発作を起こして一か月ほど苦しんだのだが、あれは確か、薬をやめようとして、新たに薬をもらわないで実家へ帰ってきて起こしたもので、単なるセパゾンの禁断症状だったのだが、その時は、半年呑んだ程度でそんなことになるとは思っていなかった。だから、大阪へ帰ってまたセパゾンを呑むようになると治ったのだった。

話をもとへ戻すと、この時には改めて「スヌース中毒」になっていたのであった。スヌースが切れると苦しくて、もちろんもう注文してあるからそれが届くのをいらいらと待つ。しかも次から次へと口に入れるという状態になって、頭の隅を、これはまずいな、という意識もよぎったが、すでに煙草をやめて苦しいのがまだ続いているのだからしょうがない。

私が使っていたスヌースは、「アルカポネ・バニラ」と「ゼロスタイル・ミント」というのだが、ゼロスタイルのほうが強くてもちがいいので、次第にゼロスタイルが増えていった。用い終わったカスはまだ机上に置いてある灰皿に入れて、ごみ箱へ捨てていたのだが、それをゴミとして出すと、白い虫の死骸のようだ、と妻から苦情が出て、本を送ってきた封筒などにまとめて入れて捨てることにしていた。

このスヌース、口に入れているわけだが、一度、誤って呑んでしまったことがある。コーヒーを飲んでいたらすっと入ってしまった。何しろ中身はタバコだから、死ぬんじゃないかと恐怖して、注意書きを見たら、もし誤って飲み込んでしまい具合が悪くなったら医師に診せてください、とあり、必ず具合が悪くなるわけじゃないんだな、と思ったが、一日くらいは不安だった。

冬になるとうつになる、という人がいるが、この年の十一月から暮れにかけては、断煙よりむしろ断薬の影響で、思い出すと何やら暗い気分になる日々だった。実際にはセパゾンを十分の一削っても気分はつらかったが、あとで考えたらニコチンのほうはスヌースでかなり補われていたのであった。

断煙から二週間ほどして、購入したスヌースにおまけでついていた二本のタバコを喫ったことがあったが、それ以後はなかった。タバコをやめたあとで喫うと、急性気管支炎になる、ということを聞いていた。多くの「禁煙」に関する文章は、いかにしてまた喫いたいという誘惑と戦うかに力点が置かれているが、そこは何といっても、タバコは二十本くらいひと箱で売っているから、それを買うというのはよほどのことで、もしタバコが一本ずつ売っていたら、誘惑に負ける人も多くなるかもしれない。しかし私の場合は、三か月ほどを過ぎてからは、あまりその誘惑はなかった。だいたい断煙ということが、タバコを喫わずにいる、というだけなら、それこそ三か月もすれば平気である。だが、身体や精神の禁断症状はそれより長く続く。

地下鉄のプラットフォームが禁煙になったのは私が大学生のころだが、禁煙ファシズム以降、地上駅のほうは、一瞬だけ喫煙所が設けられ、それからすぐ全面禁煙になってしまった。禁煙ファシストやそれに乗っ取られたマスコミは、日本が禁煙後進国だなどと言うが、西洋では屋外で禁煙ということはないのである。アメリカの大学でも、建物から五百メートル以内は禁煙という程度である。私は駅全面禁煙のはじまりから数年は、プラットフォームで喫っては駅員と怒鳴り合っていたのだが、この数年は疲れて、我慢していた。ところがやめた今になっても、駅のプラットフォームへ入ると、あっここは禁煙だ、という恐怖を感じるのである。それでも喫っていたころは、電車を降りれば喫えるという慰めがあったが、今はそれもないから、かえって恐怖心を感じるのだ。

フランス文学者で作家の山田稔は、四十歳のころだろうか、ヘビースモーカーだったのが、ふと思い立ってタバコをやめ、つらく苦しい一年を過ごしたと書いている。ノイローゼに近かったとも言う。しかし、一年たつ前にフランスへ行ったともいう。私は仮に飛行機に乗れたとしても、断煙中に、乗るような心理的余裕はないだろうから、山田の場合それほどひどくはなかったのではないか、などと考えてしまう。

秋に女性編集者の依頼を受けて、司馬遼太郎に関する新書を一月までに執筆することになっていたのだが、いざ着手すると、司馬が井伊直弼を罵倒している文章が目に入り、私は井伊が攘夷派に屈しなかったのを偉大なことだと思っているので、これは司馬礼賛では書けないし、司馬は礼賛でないと売れない、と思った。だが編集部で、批判でもいい、と言われたというから、苦労して続きを書いた。

その間に、この女性編集者が倒れて入院するなどしたから、私は、発売を延期したほうが、と言ったのだが、聞き入れてもらえなかった。この会社は当時オーナーの交代劇があってごたごたしていたらしい。

この司馬遼太郎をめぐって、私は奇妙な新聞記者と出会うことになる。その新聞記者と会ったのは、私がまだ煙草を喫っていた時のことで、佐藤と名のるその男性記者は私の二つくらい下、司馬遼太郎についての連載記事を担当しており、私がアマゾンレビューで司馬の、江藤新平を描いた『歳月』に五点をつけ、「司馬のあとに司馬なし」としたのを見て、話を聞きたいと言ってきたのだった。

私の最寄りの平田山駅で会い、駅前の居酒屋の奥に入った。以前はその二階が喫茶店になっていてそこを使っていたのだが、そこが閉鎖されたためであった。居酒屋と喫茶店を姉妹でやっていたが、高齢になって閉鎖したのだった。

佐藤は土産にマロングラッセを持ってきてくれていた。はじめその居酒屋で話していたのだが、その時すでに二時で、二時半には店をいったん閉めるということで、三時までねばった。

「大学はどこですか」

と訊くと、恥じるかのように、

「いや私学で……慶應です」

と言った。私は世間では「学歴差別」をすると思われていて、別に慶應なら問題なかろうに、妙なことを言う、とは思ったが、それ以外は特段のこともなかった。

「煙草は喫わないんですか」

「いや、やめたんです」

と言うから、

「簡単でしたか」

と訊くと、

「いやいやそれは……」

と、大変だったことを匂わせた。

その頃私は煙草で気管支の具合が悪く、そろそろやめようと思っていた。

佐藤は、司馬遼太郎記念館に出入りしていたようで、私はどういうわけか、同館の副館長だと思いこんだ。三時になって居酒屋を出ることになったが、もっと話したいというので、そこから少し歩いたところにある喫煙可の喫茶店まで行き、小一時間、司馬夫人がなかなか難物だったことなど周辺の話をした。

だがそれから一月ほどして同紙に載った記事には私の名前はなく、佐藤からは、頑張ったのだが上がうるさく、などと詫びを入れてきた。

そして司馬本の新刊広告を見た佐藤から、発売前にインタビューをして発売日に載せたい、と言ってきた。私は、礼賛ではなく批判になってしまった、と言うと、一応見てみたいと言うから、テキストファイルを送った。結果、やはり取材はなしになった。

ところがそれから少しして、佐藤から「粗餐《そさん》を差し上げたい」というメールが来た。要するに食事がしたいということなのだが、「粗餐」とはいかにもまずそうで、あまりいい気分のする文飾ではなかった。しかし若い記者を紹介したいから、というので了解したが、その予定時刻を、

「五時三十分」

と言ってきたから、それはちと早いのではないか、と思った。依然として禁断症状の上に、向精神薬も減らしていて、そのころまだ夜は寒かったし、昼食にしてくれませんか、と言ったら、今度は、

「十一時半」

を指定してきた。結局取材はしてくれなかったし、あまり本格的に食事をともにする気になれなかったから、まあコーヒーでも飲んでいればいいや、と思い、それで了承した。場所は私の家の最寄り駅の裏手にある中華料理店で、喫煙可なところをとってくれた。

ところが、司馬本の編集者も佐藤と連絡をとっており、その頃になって、新聞の取材はどうなったか、と訊いてきたから、あれ、連絡していなかったのかな、と思った。

私はどうもこの会食に気が進まず、同行してくる若い記者の名前を訊いたのだが、すぐの返事にそれは書いてなく、疑わしい気持ちになった。もっともこれはその次のメールで教えてきた。ほかにも佐藤は「先生の著書はわれわれ中年の男の心に響くものがあります（純文学以外）」などと書いてきて、妻は笑っていたが、私としてはあまりいい気持ちではない。さらに、場所となった中華料理店は、私が「細雨」として発表した小説にも出てくるのでそのことを言うと、「拝読しておりませんが『文藝界』に載ったものですね」と言う。読んでいないのはいいが「文學界」を「文藝界」と言うのが、嫌だった。私は小説の中で「文學界」を「文藝界」ということがあるが、この時は本当に「文藝界」と言ったのである。

佐藤と会うことになっていた日の前日、確認のメールがあったのだが、どうも変な感じがして、電話をかけた。

ところが、相手は携帯電話だったのだが、

「小谷野です」

と言うと、おかしな声で、

「何？　俺、電話した？」

などと言うのである。ああこれは人違いをしているな、と思ったが、何かぶつぶつ言っているので、もう一度、「小谷野ですが」と言ったが、なお気づかないらしく、

「何？　着信あった？」

とか言う。なら私の固定電話の番号も表示されているはずなのだが、ははあ他人にはこういう態度をとる人なのか、と思い、もう一度大きな声で、

「小谷野アツシです」

と言うと、一瞬の間ののち、

「小谷野アツシ先生」

と声が変わって、私は、これ食事をして何か私にメリットがあるんでしょうか、とわりあい不躾なことを訊いたのだが、

「いや先生、それがですね、あるんですよ」

と言い、若い記者を紹介する話をした。

私が、

「いや、実はタバコやめたんですよ」

というと、声を張り上げて、

「それを早く言ってくださいよー」

と言い、

「禁煙でない店をさがすのに苦労したんですからあー」

などと言う。といっても、まだウルフティースをやる可能性はあるし、禁煙の店ではためらいがあるし、まっさきに自分のことを言い出すあたりに身勝手な感じがして、

「いや、それで体調が悪くて」

と言うと、

「おや、それは珍しい」

と言ったのである。は？　と私は思い、この人も大変な思いをしてタバコやめたんではなかったか、と思ったが、

「いや、禁断症状で……」

と答えると、「あ、そっちで」と軽く言い、「太るって言いますよね」

などと言うのだが、話がどうもおかしい。

さらに私は、十一時半では早すぎるのでコーヒーでも飲んでいる、と言ったら、

「一人で二人分食べます」

などと言うのだが、指定されたのは普通の中華料理店で、三人分のコース料理でも予約していたのだろうか、と思った。あまり気は進まなかったが行くつもりでいたら、翌朝、メールが来て、「風邪のため今日は中止とさせていただきます」とあり、ほっとはしたが何ともぶきみな話であった。私は彼の「おや、それは珍しい」というセリフがトラウマになってしまい、「おや」という言葉を聞くだけでこの男を思い出してしまうようになった。

考えてみると、佐藤は酒飲みだったのではあるまいか。私は酒を飲まないので、途中、食事の席で酒を飲んでもいいか、という確認があった。酒飲みというのは一人で飲むのが嫌で、誰かと一緒に飲みたがる。それは考えようによってはからむ相手を求めているということになるが、さらにまたアル中となると、だいたい午後五時を過ぎると飲みたくなるらしい。五時半という指定はそのためだったのではないか、朝は十一時半、それが限界だったのだろうか。

その四月から、私は九年ぶりに大学で非常勤で教えることになっていた。これまでの様子から見て、断薬のほうは一時中止したほうがいいと考え、やめにしたが、電車を乗り換え、学バスに乗って大学まで行くと、ひどく脚が疲れた。

実はニコチンには筋肉を増強する働きがあり、スポーツ選手の喫煙をドーピングに指定する考えもあるくらいなので、それで脚が疲れたのである。このことはあとになって知ったので、当時

はよほど運動不足がひどいのかと思ったが、確かに身体的には、喫煙がなくなったことと関係あるようには感じていた。セックスのあとは喫煙したくなるものだが、それも、その間喫っていなかったからということと、筋肉を使ったからということもあるのだ。私自身はしかし、スヌースに替えてから脚が痛むまで半年くらいかかった。ニコチンにはこういう効能もあるわけだが、禁煙ファシストは「煙草は百害あって一利なし」と言いたいがために、あまりこういう事実を知らせないようにしているらしい。

しかもタバコを喫わずに教えるのは初めてで、これがきつかった。何しろ、大学であれ何であれ、教えたあとというのは「一服」したくなるものだが、それがないのである。

しかも、教えるのはわりあい大変だった。私は英語を教えることが多かったが、これは学生にやらせて直すので、やりとりがある。だがこの時は、私が一人でしゃべる講義だった。ところが、学生の反応が感じられない、のれんに腕押しなのである。私語があるわけでもないが、無反応さにこちらが参る。十年以上前にこれに近い授業をやったこともあるが、その時よりひどくなっている。聞くと、今の学生は「ポストゆとり」で、おとなしいのだそうだ。

スヌースはもちろん使っていたし、これは授業中でも口の中に入れておける。とはいえ、往復の電車で脚が疲れるのがなかなか治らなかった。そのうち、十年ほど使ってきたベッドマットがべこべこになってきたので取り替えることにし、新しいのを入れた。

誰かがタバコをやめるに当たって一番よくあるいけないことは、周囲の人が、それを冗談半分

に受け止めがちだということである。その結果、

「どうせひと月後にはまた喫ってるよ」

などとからかったりして、当人もその雰囲気に巻き込まれ、「やっぱり喫っちゃったよ」などと笑いをとるためにまた喫い始めるなどといったことが起こる。断煙日記というのが少ないのも、そのせいであろう。禁煙マニュアルのような本には、周囲の人に禁煙を宣言する、などということが書いてあるが、これは結局そういう「冗談半分」の雰囲気を作り出すから、よくないだろうと思う。私はもちろん、必要がある場合を除いて妻にしか言わなかった。

そしてあのとてつもなく暑い夏がやってきた。六月中旬からその兆しはあって、やたら風の吹く日と、むやみと暑い日があった。七月十三日、連日の猛暑の日に、私の大学での授業があり、それは午後二時過ぎからで、妻も出かけていたし、私はタクシーで大学まで行くことにしてタクシーを呼んだ。ところが乗り込んだ時、私はスヌースを忘れてきたことに気づいた。口の中に入っているので最後である。まあ、何とかなるだろう。

私が行く大学は山の上にあって、しかもそのあたりは高低差が激しく、エレベーターで八階まで上がると、そこが地面になっていたりする。最寄りの駅の南側にあるのだが、私はもう二十年も前、英語教員の公募に応募して面接に呼ばれた時、この南側から行って、急な坂を登るという目にあった。実は駅の北側から学バスが出ていてそれに乗ればよかったのだが、これはぐるりと一回りして大学へ着く。タクシーでアプローチする際、そのバスの入るところで止まれば良かっ

たのだが、あっと思ったらそこを通り過ぎて、タクシーは正門で止まった。まあ何とかなるだろうと外へ出て、大学内へ入ったが、そのあたりはまったく不案内で、自分が行くべき場所がわからず、うろうろしている間にまったく分からなくなり、門があり学内の地図があったからそれで見たがなお分からない。それで、門衛のおじいさんに「十一号館はどこでしょう」と訊くと、外の道をさして、「ここずーっと下ったとこ」と言う。とにかく複雑な大学なのである。そこでそこをだらだら、炎暑の中を歩いて行ったのだが、何やら古めかしい住宅街のようなところを抜けると、ただ林の中の坂道を降りていくようなことになる。スマホを持っているので、GPSで確認すれば良かったのに、とあとで妻にバカにされたが、その時はそういう作業をしたことがなかった。

そのうち、明らかにこれは大学から離れているだろうという、田舎の住宅街の、住居表示まで違うところへ出て、授業の開始時刻はもう十分ほど過ぎ、いかんと思って、スマホで事務室へ電話をかけた。話の分かる男の人につながるまで少しかかり、スマホで検索できないかと言われたのだが、私も疲れ切っていて、周囲の様子と住所を話すと、相手はようやく場所が分かり、結局門衛のおじいさんが極端なことを言ったので、再度この坂を登って脇へ折れるのだということが分かった。私はへとへとだったが、仕方ないからまたのろのろと坂を上り、教えられた通りにわきへそれて住宅街の中を歩いていくと、やっと大学が見えた。

この間、口の中には家を出る時に含んでいたスヌースがまだ入っているのだが、もちろんニコチンはもう補給されていなくても、あると心理的に安心感があった。ようやく冷房の効いた校舎内に入ると、事務の人が迎えに来てくれていて、いつもと違う場所でカードをもらい、やっといつもの教室にたどりついた時には一時間も過ぎていた。学生たちは、もっと前へ座るように言ってもきかず、後ろのほうにかたまっているのだが、どういうわけかいつも左側の一番前の席に陣取る美人の学生がいて、しかもほかの学生が、教科書として指定した私の著書をろくに購入していないのに、この子はちゃんと買って机の上に置いていた。妻にはこの子のことを「美人ちゃん」と呼んで話していた。私がその日一時間遅れて入っていくと、その子がこちらを見てにこりとした。前のほうに座って教科書を買っていれば教員に好かれていい成績もとりやすいのに、学生というのは愚かなものだ。といっても私の学生時代も、さすがに教科書は買っていたが、さほど愚かでなかったわけでもない。だからこの「美人ちゃん」には九〇点以上をあげようと心づもりしていたのだが、最終日に提出させるレポートについて、ちゃんとホチキスで止めるように、と言っておき、止めていなかったら大幅に減点する方針でいたのに、この子だけ止めずに出したから、六〇点台に下がってしまった。多くの学生はレポートを提出日に完成させて大学でプリントし、止めるものがないので、飴とかを入れた袋を止めている飾り紐で止める、などということが、以前教えていた大学ではよくあったのだ。

だがつくづく参ったのは、中国からの留学生のO君で、五月のはじめ、学生に、どんな小説を読んでいるか一人ひとり訊いていったら、三浦しをん、重松清など直木賞作家の名前が多くあがった。O君に訊いてみたら、日本語で何というか分からない、と言うから、いいから言ってごらん、と言うと「ルーシュン」と言うから、ああ魯迅ね、と黒板に書いて、もう一人あげたが、私には分からなかったので前に来させて黒板に書かせたら、「郭沫若」と書いたから、ああかくまつじゃくね、と言い、黒板に「銭鍾書」と書いて、これは読んだ？ と訊くと、ええもちろん、と言うから、けっこう読書家なんだなと思い、「しょかつこうめい」を発音させて、中国では日本での発音では通じないことを学生に示したつもりで、じゃあ私の名前はどう発音する？ と訊くと、O君は照れ笑いめいたものを浮かべて、一歩あとへ下がったのである。私の名前を知らなかったのだ。まあ五月はじめだからしょうがないか、と諦めて私は自分の名前を黒板に書き、O君に北京語で発音させた。

七月になって、私は教科書つまり私の著書を学生たちに朗読させるようにした。そうでもしないと買わないと思ったからだが、中には人から借りて朗読する者もいた。その際、O君を指名したら、「本の題名を教えてください」と言ったから、私はぎょっとしながらも教えたが、書名の語尾が小さくなった。あと三回ほどで終わるというのに、教科書の題名をしらっと質問したのである。このO君は、最終日の前の回に、私のところへ来て、それまで何度か説明したレポートの課題について教えてくれと無邪気な顔つきで訊いた。私は憮然として、

「君さ、シラバス見てないの？」

と言うと、少しうろたえつつ、

「すみません、(ウェブでの)見方が分からなくて」

と言うから、

「なんで誰かに訊かなかったの?」

と冷たく言うと、さらにうろたえてやっと真顔になり、「すみません」と言う。私はこういう「なぜ」で問うているのに謝罪で答えるという奇妙な応答を嫌っている。そういうやり方がまかり通ってはいけないと思う。だから冷たく、

「いや、なぜ誰かに訊かなかったか、と訊いているんだからそれに答えて」

と言うと、さらに青くなった。別の学生が来たから話をしていると、O君がいつまでも立っているから、「君、もういいよ」と言って追い払った。もちろん、レポートは提出しなかったから単位も与えなかった。

話を戻す。一時間遅れて行った日は、幸い映画を観せるつもりだったから、五社英雄の「吉原炎上」を半分くらい観せた。こういう、エロティックな場面のある映画を大学の授業で観せる時は、そういう場面を飛ばさないとまずい。

しかし外へ出ると、四時でも十分に暑い。自宅の最寄駅から帰るのに、今日は自転車がないから、途中の駅のどこかで降りてタクシーを拾おうと思ったのが間違いのもとだった。小田急線の梅ヶ丘で降りたら、タクシーなどなく、スマホでタクシー会社を呼び出したら、梅ヶ丘駅へは行かないと言う。それでまた電車に乗り、下北沢で拾おうとしたら、南口がなくなっていた。タク

シーがないかとうろうろ暑い中探し回ってもやはりなく、今度は永福町で降りて探したが、ない。歩いているうちに拾えるかも、と思って二駅先の自宅のほうまで歩き始めたが、夕方だからか、通るタクシーは逆方向の都心方面へ向かうものが多く、途方に暮れつつ、とうとう自宅まで二駅分歩くというバカなことになった。

妻にその日の出来事を話してさんざんバカ呼ばわりされ、足は三日くらい痛んで半病人だったが、スヌース一つでそれだけ行動できたということに、私はいくらかの慰めを得ていた。断煙してから、一年が近づいていた。

しかしそれからも酷暑は続き、翌週もタクシーで、豪徳寺駅まで乗っていき、帰りは懲りたから最寄り駅から歩いて帰った。

これでようやく大学勤務は終わったのだが、酷暑は相変わらずで、私は八月半ば過ぎまで、近所の図書館へも行けなくなってしまった。図書館は平日は八時までやっていたが、六時を過ぎても外出できないくらい暑かったのだ。妻が代わりに図書館へ行ってくれたことが二度ほどあり、夕方六時過ぎに行ったのだが、それでも汗みずくになって帰ってきたりした。

私は神経症で薬を飲み始めてから数年して、夕方になると二時間ほど寝る習慣ができた。しかし最近は、運動不足のため眠れないこともあって、寝室が別にあるので、寝に行っては眠れないで起きて自室へ行き、また眠い感じがして寝室へ行く、というのが午後の生活ぶりだった。そのうち、妙なことに気づいた。あいかわらず咳が出ていたのだが、寝ていると出ないのである。はてな、と思った私は、あの永福町から自宅まで歩いた時に、全然咳が出なかったことを思い出した。

そして八月十一日、妻が友達と那須へ一泊で出かけた日の午後、私はスヌースをやると咳が出ることに気づいたのである。そこでスヌースをやめて、最後に口にあったスヌースを取り替えず、つらかったがこらえて、NHKのBSプレミアムで放送していたのを録画した「華麗なる激情」というミケランジェロを描いた、キャロル・リード監督、チャールトン・ヘストンがミケランジェロ、レックス・ハリソンがローマ法王を演じる映画を観て、夜になって蒲団に入った。だが、眠れない。睡眠導入剤のハルシオンを呑んだが、うつらうつらしてははっと目が覚める。夜も二時を過ぎて、起きだし、不断は酒を飲まない私が冷蔵庫にあった洋酒を一杯飲んだが、狼狽しているしニコチンの禁断症状でつらいしなので、そのへんにあった湯飲み茶わんで飲んだ。だが眠れず、とうとう朝になり、自室へ行ってスヌースを口にしてみたが、やはり咳が出るので、いかんと思い、昼近くなって蹌踉《そうろう》とした状態で起きだした。

これはまずい。どうしたらいいかと考えて、まず日本製電子タバコを使うことを考え、アマゾンでキットを注文した。その日どう過ごしたのかは記憶にないが、夜になって帰宅した妻は、台所が荒らされていて、私が情緒不安定になっているので驚いたという。私は事情を話したが、もうタバコをやめて一年になると自信を持っていたのが、何のことはないスヌースでニコチンを摂取していただけだと気づいて愕然とした。が幸い、その日の夜は妻が帰宅した安心感と前日寝ていなかったせいか、よく眠れた。だがそのあと二日、また眠れなかった。

　電子タバコのキットが届いたので、コンビニへタバコ本体を買いに走り、喫ってみて驚いた。普通のタバコより軽いはずなのに、私は咳込んでしまい、とても使えない、つまり私の体はもう電子タバコも受け付けないと分かったのだ。輸入物のリキッド電子タバコのウルフティースは大丈夫だが、日本の電子タバコがこんなにきついとは知らなかった。部屋へ入ってきた妻も、久しぶりにタバコのにおいを嗅いだ、と言っていた。

　ニコチンガムがあったので、それを噛んでいたがこれも僅かに咳を引き起こすように思った。二日ほどして、近所の大きな薬局へ行ったら、ニコチネルというニコチンパッチを売っていて、薬剤師の説明を受ければ買えたので、中型のものを買ってきて張り付けた。禁煙外来へ行けばこれより大きいのをくれるはずだが、もう禁煙外来など行きたくないし、一年間スヌースをやっていたのだから説明が面倒だしまた嫌なことを言われそうだと思った。

　ニコチンパッチを貼ってももちろん苦しいが、あとで外した時に、ニコチンパッチも効いていたのだなと分かった。結局この、スヌースをやめてからが私の本当の断煙になったのだが、スヌースで一年過ごしたから、このあとは意外に短く済むのではないかと希望的観測を持った。まあ実際スヌースを始めた時に禁断症状はあったわけだが、スヌースをやめてからは、また改めて腹具合がおかしくなったりささくれができたりした。新しいものとしては、胸郭の骨がボキボキいう。もちろん、自分で動かすと鳴るので、喫っていた時も冬などそういうことはあったが、かつてない頻度で鳴るのである。それにつれて胸や背中が痛い。

私は茶が好きだ。ところがこの余りの暑い夏に、茶を飲まずにいたら、よく眠れた。コーヒーは飲んでいるのだがそれはあまり眠りとは関係ないらしい。だから、秋になってからも茶を飲まず、水ですますことにした。断ニコの苦しみから逃れるには、寝てしまうのが一番だからで、夕飯をすませて九時ころになると床について寝てしまっていた。

この断ニコの苦しみは、やはり長く続いて、年を越した。


大学院の師匠の菊池先生は八十七歳で、藝術院会員になったりして元気だったが、年賀状に「断煙しました」と書いたら、返事に「裏切者」などと書いてあったのだが、菊池先生は今度パリへ行くとある。ということはパリまで十数時間、飛行機で喫わずにいられるのだから、要するにライトスモーカーなのである。

ライトスモーカーというのは、素質がなければなれない。仮に私が、朝九時に一服喫って、次は昼十二時、と決めたとして、私はただいらいらとほかのことに手もつかず十二時を待ちわびるだろう。そして十時半くらいに我慢できなくて喫ってしまうだろう。ライトスモーカーは、こういうことなく、三日くらい喫わなくても忘れているような人のことである。

断薬は冬にはきつい、と聞いたが、断ニコもそうであろうか、一月、二月と、きつい日々が続いた。脚の筋肉痛と、ニコレットの調整が問題だった。あまり一日に数多くニコレットを摂取すると、咳が出たり肺が痛んだりする。そこで減らすと、今度は苦しくて、よく眠れなかったりする。

それに、十二月に『近松秋江伝』を出してから、仕事がなくなってきた。連載が二つあったのだがそれも収入は少なく、うち一つが雑誌が休刊になるので三月以降はなく、何しろ最近は著書を出しても売れないから、おのずと仕事が減る。以前ならこちらから売込んだのだが、断煙以降、ちゃっちゃと書いていくことができなくなった。

秋ごろはそれでも、図書館から借りた本を読んでいたが、そろそろ、書いていないと不安になってきた。年末から、妻に教えられた、huluで配信しているトルコの歴史ドラマ「オスマン帝国外伝」を観ているうち、どんどんはまっていって、一日に三話くらい観ることもあった。これは十六世紀のスレイマン大帝の時代の、ロクセラーナと呼ばれた皇后を主人公にしたものだが、ヒュッレムというのが正式な名で、他の皇帝妃などとの後宮での争いを描いていて、主人公なのに嫉妬深くて自分の友達がスレイマンの閨に呼ばれたというので毒を塗ったクロテンの襟巻を渡して顔を火傷だらけにしたり、とにかくすさまじい。

そのうち春になり、この年は遅くまで寒さが残っていたが、花粉症の季節になり、妻などは苦しんでいた。それでふと気づいたのだが、私は子供のころからの蓄膿症で、母から、放っておくと頭が悪くなる、などと脅かされたりしていた。母も若いころ蓄膿症で、手術をして治したそうで、その時にさぞ不安だったのだろう、赤い表紙の古ぼけた新約聖書がずっと家にあったのだが、母が死んだ時、母の長兄に訊いたら、その手術の時に買ったものだということだった。

若いころ耳鼻科へ行ったら、煙草は蓄膿症にも良くないと言われたのだが、大阪から東京へ帰ってきた当座は十一月になると鼻炎がひどく、当時住んでいた三鷹の耳鼻科へ行って、子供の引き裂かれるような悲鳴を聞いていたのを覚えている。その後、「鼻サーレ」という塩温水で鼻を洗う装置を使うようになったら、だいぶ軽快していた。この春、ふと気づいたら、蓄膿症がほとんど治っていて、鼻サーレ洗浄も不要になっていた。それでも禁断症状は続いているので、何だか狐につままれたような気分だった。

そのうち、天皇が代替わりするというので、新しい元号の発表やその施行があったが、天皇制廃止論者で、もちろん元号不要だと考える私は、日本人が嬉々としてこの「代替わり」をことほいでいるのを見ていて、憂鬱になってしまった。私の天皇制反対の意思がこめられた著書が、新刊小説にもあったが、これでは売れないのも当然だと思った。

しかし五月中旬には、神保町で、天皇制反対でしかも九条改憲派だという新進の批評家・錦野亮太氏から指名されて公開対談をすることになっており、主宰元の編集長と錦野氏に、自宅まで来てもらって打ち合わせをした。錦野氏は三十歳くらい、小太りで、ツイッターで見ると酒飲みらしいが、バランスのとれた人物と見えた。

ところが、「令和フィーバー」を見ていた私は、この公開対談がテロに遭うのではないかという恐怖を感じ始めていた。断煙のせいか、私はノイローゼになってきたようだった。そのため当日は午後からそわそわと落ち着かず、焦った頭を抱えて現場へ向かったが、断煙のため自宅周辺以外へ行くことが半年ぶりくらいになっており、神保町の古本屋の前に立った時は、長く病床にあった人のようだった。

ニコレットを噛みすぎると咳が出る。痰もからんで、これはあとでひどいことになるのだが、どうも世間ではニコレットのこの副作用について語る人がいなかった。そのためその日はニコレットをあまり噛まないようにして対談に臨んだが、会場は横幅が狭くて縦に長いあまりいい会場ではなかった。私は聴衆の様子を、テロリストはいないか、という目で眺めた。その日は非常勤講師で大学へ行っていた妻も来ていた。

錦野氏はこのあと最初の単著を出すのだが、それがあれほど話題になって売れるとは思わず、「天皇制を批判した本は売れないよ」などと私は言っていた。

対談そのものは終わってフロアに質問を求めた時、轟木珍太という、やはり三十歳くらいの人が手をあげた。これはこのシリーズで前に錦野氏と対談したことがあり、それ以前から私に著書を送って来ていて、文藝誌『群狼』の新人賞を評論でとった人である。もっとも私には、何だかとんちんかんなことを言う人だという気持ちがあった。すると轟木は、

「天皇タブーなんてのは、マスコミが過剰に怯えているだけで、大したことはないんじゃないか」

と言うから、私は、いや、「風流夢譚」事件とかあったし、と言うと、変な顔をしているから、

「えっ、『風流夢譚』を知らない？」

と訊いたら、轟木は割と威勢よく、

「はい、知りません」

と言うから、私は軽いショックを受け、その場で説明した。

ともあれ、テロリストに襲われることもなくぶじ終わり、聴衆がぞろぞろと帰るのを確認して、私は妻と夕食を食べる店を探し、イタリア料理の店でピザを食べ、ようやくテロリストの恐怖から解放されて、妻にその話をしたら「ノイローゼ」だと言われた。

そのあと、本当にノイローゼになった。詩人の水間真理子さんとの対談を一冊として音頭書房から刊行する予定で、録音したものを編集者が文字起こしし、編集して送ってくるのだが、その作業がひどく遅れた。最後の対談をしたのが前年の十一月で、四月刊行予定と聞いていたのに、すでにこのころには七月になっていて、それでも遅れた。この年は私はまだ著書を出しておらず、早く出してほしかったから、私はついに女性編集者に、一章分の文字起こしをさせてくれと頼み、実行した。実際、女性編集者はほかの仕事が多忙すぎたようだった。そして近所の薬局でニコチンパッチを買ってきて、二日に一枚の割合で貼るようになった。これでは逆戻りなのだが仕方がなかった。

この頃が私の精神状態がひどかった時期で、六月になるといくらかましになっていたと思う。だがそこで、事件が起きた。というか、事故が起きたのである。

六月九日の日曜日、夕飯のあと、妻は郵便局へ行くと言って出掛けたが、ほどなく電話がかかってきて、軽い交通事故に遭ったと言うから、驚いて自転車でかけつけたら、若者の運転する車がアクセルとブレーキを踏み違えてフェンスとの間にはさまれ、左手の小指を骨折したのであった。救急車がやってきて、私も乗り込んで新宿の病院まで行き、手当てをしてもらって深夜に帰宅した。これは応急処置だったから、翌日は近所の平田山病院へ行き、妻は週末に手術を受けることになった。この時のことは中篇「蛍日和」に詳しく書いたからはぶくが、このためにあちこちで歩いていて、不思議な気分になったのは、それまで断煙で半病人のような生活をしていたのが、普通人に戻ったような気がしたからである。しかし妻が手術するまでの一週間、ニコレットを噛み過ぎて、痰がからむような症状がひどくなったため、そのあとでニコレットを断った。

このニコレット断ちがひどいことになった。ニコレットはかなりニコチンが強烈で、一粒二ミリグラムのニコチンが入っている。ただしタバコのほうでニコチンを〇・五ミリなどとしているのは含有量ではなく測定値で、タバコ一本には二十ミリくらい入っている。それにしても、タバコをやめたあとでニコレット中毒になる人がいるくらいで、私も禁断症状に苦しんだが、むしろ後遺症として痰がからむのが日常的になったのがひどく、やめた翌日などは妻から、声がおかしいと言われた。

さらに睡眠障害がひどくなる。そもそもタバコをやめた時点で、夜中に目が覚める中途覚醒という睡眠障害が起きるはずだったのが、私はそれまでスヌースとニコレットで必ずしもそうはならずにきた。また夜九時にはたいてい眠れていたのに、そういう時期が過ぎたのか寝られなくなり、夜十二時に寝たのに二時に目が覚めて寝られなくなるとかひどくなってきた。

二十六日に、やはりひどく眠れず、いつも行っている精神科で別な睡眠薬を貰おうかと朝から考えていた。私が持っているのはハルシオンという睡眠導入剤なので、もっと効き目の長いのを、と考えたのだが、すでに自分はセパゾンなどベンゾジアゼピン系の中毒になっているから、この上さらにベンゾ系の睡眠薬を増やすのにためらいがあり、昼どきに外出した時は医者へ行かなかったが、四時過ぎになってやはり今夜も眠れないのは困ると思い医者へ行った。すると医師は往診中で、六時ごろ戻るというのでいったん帰ってきた。今どき往診する医者がいるとは思わなかったが、精神科医だからだろう。

六時ころまた行くとなると、妻が帰るころになるので、「中途覚醒がひどいので睡眠薬をとりにいく」とメッセージを送り、六時ころ行って相談の結果、サイレースというのを貰って来た。一般名をフルニトラゼパムといい、ロヒプノールという名の商品もある、強い薬らしいが、医師は「まったく効かない」可能性も示唆した。

あとで考えたら、この日は三回も外出していて、もう脚の痛いのは治っていたのか、また、そのあと妻がいくらか心配しながら帰ってきて鰻を食べさせてくれたのだが、私の精神状態が妙に良かった記憶があって、何だか新しい睡眠薬への期待だったようで、妙な話である。

医者からは、効果が持続的だから、中途覚醒したところで呑むのではなく最初からハルシオンと一緒に呑むよう言われたのだが、怖いから、十時ころにサイレースだけ呑んで寝た。

私は若いころから不眠には悩まされてきたが、初めて睡眠薬を医者にもらったのは三十を過ぎて大阪へ行ってからである。その時は三日眠れず、初めてだからすぐ寝た。

しかし、一時間ほどしてもサイレースは効かなかった。効いているつもりで目をつぶっていたのが、パッと開いてみると全然眠くも何ともないと、あわてる。特に、あくびなどのまったく出てこない睡眠薬は怖い。効いていないことは分かるが、効いたということは基本的に翌朝目が覚めて初めて分かる、この構造も怖い。

あわてて自室へ走り、ハルシオン一錠を追加したが、それでも効かず、さらにハルシオンを追加したら、それで効いたらしい。

その二日後、よく寝て目覚めた私は、吉祥寺へ「ゴジラ　キング・オブ・モンスターズ」を観に行った。私は怪獣映画だけは映画館で観ることにしているが、それまで体調不良で行けなかったのだが、この知らせを受けた妻は、禁断症状からの回復が早いので驚いたという。

当時しかし私はニコレット後遺症の痰もあり、「飴ちゃん」を常備していたが、この飴がまた痰の原因になると思い込み、妻にあれこれと飴を買ってこさせて、香料が入っているのはダメだとか言っていたが、飴に関しては、あまり舐めすぎるのは良くないということだったようだ。妻は手術後、大学のない日は病院へリハビリに行っていたが、自転車は壊れているし乗れないので徒歩で行っていた。

そのうち妻は、事故で一週間休んだ分の補講をすることになり、本来は授業のない火曜と木曜に五コマくらいやることになり、それならいっそ船橋で泊ってしまったほうがいい、ということになって、それならというので私も船橋で二泊することになり、老舗旅館に予約をとった。

七月十日からの二泊で、あいにくその年の肌寒い梅雨に重なったが、二日目には妻の友人で漫画家の船橋さんと合流し、船橋駅から南船橋駅まで三キロくらい歩くことになった。私は二人を残してタクシーで旅館へ戻って寝た。だが翌日の朝、電車とコミュニティバスのすぎ丸で自宅へ戻ってから体じゅうが痛くなって寝ていた。

仕事のほうも、一月と二月に書いたものの売込みをしていたが、二月のほうは二社から断られ、三社目でやっと通り、一月のほうは担当者の異動があって延び延びになって、七月末にやっと決まった。出版不況がひどく、前なら出たようなものが出なくなっていた。あるいは私の書くものが、世間の好尚に合わなくなっていたのだろう。

七月二十日の土曜日に、妻は警察で事故について事情聴取のために徒歩で出かけていった。途中、私たちが「なす屋」と呼んでいる八百屋の脇の高い木が昨晩腐って倒れた、と聞いた。だが私は精神状態が悪く、それを見に行くこともなかった。

梅雨が過ぎ、また暑い夏がやってきた。その頃から、ニコレットをやめた鬱状態がひどくて、読書はできるのだが、芥川賞候補作など仕事で必要なもの以外は、落語や歌舞伎に関する古い本とか、有吉佐和子の『ぷえるとりこ日記』とかしか読めず、要するに新しいものが読めなくなった。日曜日の「笑点」なんか、もう四十年以上観たことがないのに見ると落語家がみんな年寄りになっていて暗い気分になったりした。

七月二十六日に、夕飯のあと、冷房をつけて寝た私は、夜中に便意で目が覚め、激しい下痢に襲われた。何度もトイレへ行き、とうとう「ストッパ」という下痢止め薬で止めた。最後に出た下痢便に、赤いものが混じっていたが、夕飯で食べた赤味噌出汁だろうと思った。

翌日、妻が仕事に行ったあとで起きた私は、あんパンを食べたが、用心してそれから数日はおかゆのようなもので過ごした。あんパンを食べた翌日、また赤い便が出て、これは消化しきれないあんだったろうか。下痢が割と長く続き、私は便の中の赤いものが気になり、あるいは血便ではないか、大腸がんではないかという不安にとりつかれ始めた。考えてみると、はじめにタバコをやめたあと、スヌースをやめたあと三ヶ月くらいで下痢症状が出ており、これもその一つではないかと思った。

八月一日には、あまり眠れない日が続き、めまいがするようになった。寝ていて頭を右や左に傾けると出るめまいで、半年くらい続いた。さらに八日には書留郵便が届き、受け取って見たら嫌がらせの手紙だった。これを出したのは寺沢正之という七十代の元国文学者で、七年くらい前に要領を得ない変な手紙をよこし、私がメールで、「あなたは頭がおかしいのでは」と言ったら嫌がらせのハガキを送ってくるようになり、「2ちゃんねる」にも私を誹謗中傷する書き込みをしていた人物である。実際に頭がおかしいようで、北海道のほうで町会議員に立候補して一人だけ落選したりしていたが、妻や娘も愛想を尽かして出て行ってしまったという。二年くらい前から、アマゾンの私の著書のレビューにおかしなことを書く人物がいたので、友人の弁護士に情報開示請求をしてもらい開示させたらこの人だったので、それをネット上に書いたら、その結果久しぶりに私への誹謗を並べた書留を送って来たというわけで、私はぐったりしてしまったが、妻は私が弱っている時に、といって怒り、裁判を起こせないかと弁護士に相談していたが、内容は脅迫ではないし公開されていないから名誉毀損でもない、と言われて断念したが、その時妻は熱が出たとあとで聞いた。幸い、この寺沢さんは十一月に死んだようだが、死ぬ前、「5ちゃんねる」に続けざまに私への罵倒が書き込んであり、何とも情けない死にざまだと思ったが、寺沢が死んだことで私も妻もほっとしたのは確かである。

妻の仕事が夏休みに入ると、毎日暑い中をリハビリに出かけるようになり、私は暑い中での外出を嫌がってあれこれと妻にお使いを頼んでいた。対談本のほうは八月末に出る予定だったが、三日に編集者から、カバー装丁を頼んだ人と一時三週間連絡がとれなくなった、と言ってきた。私は不安に思ったが、果たしてカバーの出来上がりは遅れ、刊行自体が二度にわたって延期される羽目になった。そのころ私はカバーの遅れでノイローゼになり、編集者にのべつ電話をかけ、朝になると、ああまだカバーはできていないんだと思ってまた寝込むという日々が続いた。そのうち妻が、あなたが電話かけるから編集者の人はきっと追い詰められている、と言い、訊いてみたら実際そうで、もう電話はかけないでくれ、と言われてしまった。

その頃、夕飯のあと夜九時になると眠くなるのだが、床に入っても十二時過ぎまでは眠れない状態で、ただ三時間くらい床の中にいて、アニメソングなどの歌を歌って、喉の調子を見ていた。痰は、ムコダインという薬の入った「たんをカット」という薬を呑んだらいくらか改善されてきていたようだった。それに歌を歌うとドーパミンが出るから、禁断症状にもいいと思った。隣室にいる妻は、閉じ込められた狂人が歌っているのが井戸の底から聞こえてくるようだ、と笑っていた。

八月九日には、著書の企画を立ててあちこち持ち込むのだが却下され、私は憮然として、そろそろ帰宅する妻を外まで出迎えに行ったりした。当時話題だった中国のSF小説『三体』をアマゾンで購入したら、配達したというメールが来ているのに届いていないという事故があり、再度配達してもらった。妻は一晩で読んで、超おもしろかった、と言っていたが、私は二日半くらいかかり、面白いような不気味なような気分だった。文春文庫の『考証要集』というNHKの考証担当の人が書いた本を取り寄せたら面白かったので妻に貸したら、リハビリの空き時間に読んでいた。

八月半ばに、血便恐怖はいったん終わったように思えて、妻に笑い話として話したりした。十九日には、芥川賞についての恒例の対談を由良本まおりさんとするために吉祥寺まで出向いたのだが、体調や心理状態は悪く、対談途中で腕に貼っていたニコチンパッチがなくなっているのに気づき、パニックに陥りながら終わって家へ帰り、妻を呼んでパッチを貼り直した上、上から大型の絆創膏を貼って落ちないようにする工夫をした。夏になると汗のためパッチが落ちるので、これからしばらくこの「救急バン」という商品の大判を妻に貼ってもらっていた。右の腕なので自分ではうまく貼れなかったのだが、のちには工夫して自分で貼れるようになった。

だが、便の調子はやはりおかしく、二十八日の夕方、便秘気味で力んで便を出した一時間ほどあと、妻が病院から帰ってきた直後、トイレで放屁をしたあと、念のためトイレットペーパーで拭いてみたら、血がついていたので、私は真っ青になった。

とりあえず自室へ入り、椅子にかけてネットで検索すると、尻から出血するのは「内痔核」つまり痔が普通なのだが、それでも「大腸がんにも注意」みたいなことが書いてあるし、あいかわらず動揺狼狽していると、妻が何も知らずに入ってきて、郵便物を渡し、書庫になっているマンションについてこれこれ連絡しておいて、などと言い、出て行った。私は生返事をしていたが、あとから妻の部屋へ行き、いま血が出た、という話をすると、妻の目の形が変わった。妻は、すぐ医者へ行こうと言い、ネットで肛門科を探したら明大前にあり、タクシーがいいよね、と言ってタクシーを探し始めた。私は青ざめたままカバンにスマホなどを入れた。妻がこの時「お守りを入れて」と言ったのを、私はいわゆる神社でくれるお守りだと思い、古いのを入れたのだが、あとになって聞いたら「飴」のことだったという。

ところが、タクシーがつかまらないというので、しんどいだろうけど、歩きでいいよね、と言われ、私は呆然と肯《うべな》って、平田山駅まで妻と二人で歩き始めた。もう頭は、大腸がんだ、死ぬんだ、などと考えていて、ああこの人とあと二十年くらいは生きたかったナ、などと思っている。

途中に、建設中の大きな老人ホームがあり、妻は、自分は将来ここに入る、と言い、あと半世紀くらいか、人間ってアホほど生きるんだな、などと言っていて、あと半世紀も生きているはずのない私に何を言うのか、とは思った。

八月も末で夕暮れが早く、電車の中で妻は「二日したら××さん（編集者）に電話していいよ」などと言った。明大前駅で降りた。明大で教えるためここに通っていたのはもう十六年くらい前のことか。妻に導かれて暗い通りを歩き、肛門科へ着いた。待合室にはまだ数人の人がいた。耳の遠いらしい老婆がいて、看護婦と話が合っておらず、左の腕に白いものをいくつか貼った若い娘がいて、どうやら皮膚病らしかったが、老婆はそれが分からず、「腕折ったんですか」などと訊いて否定されていた。妻はそこにある近代日本美人画集を開いて見せて私を慰めようとした。

診察室へ呼ばれ、六十代かと思われる陽気な感じの医師は、出血したと聞いてから、私が痔があったと言うと、「あ、痔があるんですか」と明るい声になった。酒を呑むと痔が出るので呑まずにいたと言うと、「今回は呑んじゃったの？」と言う。別室で尻を検査してもらい、内痔核の大きくなったのは見つかったが、「ええ、これはどこから出血したのかな」などと言っていた。私が、いったん力んで便をしたあとで血が出たと話すと、医師は得たりとばかり、その時に出血してたまっていたんですね、百パーセントそうだとは言えないけれど、と言った。このへんが私には引っかかった。

結局、痔ということになり、待合室へ帰って妻に言うと「痔で良かったね」とにっこりし、もう七時を過ぎそうになっていて、近くの薬局が閉まってしまうので電話をかけて開けておいてくれたり、あとで妻から聞いたのだが皮膚病の女子も、もうここでは見られないからというので他の病院に紹介されていたのだが、その日の診察料は貰わずにいたなど、良心的な医者ではあるようだった。

だが、私は半分くらいしか安心していなかった。というのは、私の先輩で面識はないが金森修という科学史家がいて、東大教授だったが六十一歳で大腸がんのため数年前に死去していた。その人について「はじめ痔と誤診された」という話を聞いていたからだ。

ようやっと本のカバーデザインが届いた。放屁に血がついたことがまたあった。妻は指がある程度回復したので、自転車に乗ることにし、九月一日から私の自転車に乗るようになった。妻の自転車は事故で壊れ、保険会社からまだ賠償金が提示されていなかったからである。私はしかしあいかわらず、どうも赤味がかった便が気になって、一日悶々としたこともあった。そして九月五日、午後に下痢をした私は、下痢便に血が混じっているのに気づき、スマホで写真を撮り、妻を呼んで話をした。妻は、痔じゃないのかと言ったが、いや違うと私は言い、妻は、じゃあこれからあたし病院行くから一緒に行く？　というのでそうすることにした。内心はガクガクブルブルで、「金森さんというのが痔と誤診されて……」と妻に言うと、顔をしかめて「うわー嫌な話だ」と言った。

もともと外科・整形外科中心の病院だから、内科は充実していなかったが、終業の五時が近かったからか、内科の医師は何だか変だった。先に「血便」と書いた問診票を提出すると、看護婦がそれを見て「検診受けてないんですか」と言ったから、私は青くなってうなずいた。

この件以後いやというほど知ることになるが、大腸がん検診では、便潜血検査といって二日間の便少量を提出し、どちらかに微量の血が混じっていて陽性だったら、内視鏡検査を受けることになっている。もっとも「陽性」とされても「痔だろう」というので放置してしまう人が六割くらいいるという。

私が、出血したと言ってスマホの写真を見せてもろくに見ようともせず、「まあ粘膜から出血するってこともありますしね」などと言い、地下で腹部レントゲンを撮らせ、血液を採取した。私はレントゲンなど撮るのは二十四年ぶりだった。医師は何やら疲れ果てた様子で、腹部レントゲンを見て、

「腸閉塞とかはないですね。……血液検査は二週間くらいかかる……いずれ大きい病院で内視鏡検査を受けて……」

と言うから、いずれというのは？　と訊くと「出血が続くようならね」などと言うので、私はてっきりこの病院では内視鏡検査はできないのだと思った。さらに便の採取を受けた。

その上、次はいつ来たらいいのかも言われずに診察は終わり、ただ二、三日はウィダーインゼリーのようなものを食べるよう言われただけだった。妻がリハビリを終えて地下から上がってき

たので、話をすると、食事制限はいつまでなのか、はっきり訊いてくるよう言われ、診察室の戸をあけたら、もう終わって医師は帰ってしまったと言うので、看護婦に訊いたら、カルテを見て「二日くらい」と言った。

大腸がんだと血便が出るというのは、大腸にポリープやがんが出来て、そこから出血するからだが、痔のそれと間違われることも多いという。

妻と二人でとぼとぼ家路につき、途中のファミリーマートでウィダーインゼリーを多量に買い込み、帰宅して医者で貰った整腸剤と抗生物質を呑んだが、整腸剤はいつも飲んでいるビオフェルミンとほぼ同じもので、抗生物質のほうは呑んだら下痢が続いて、調べたら抗生物質は下痢をするというので、飲むのをやめた。妻に話したら、「そうだよ、だけど抗生物質は悪い菌を退治してくれるから下痢も我慢するんだよ」などと言っていたが、私はもう飲みたくはなかった。

つまり医師は細菌による出血を調べているのである。ところで私は寝る時に小型のペットボトルに水を入れたのを脇に置いて呑んでいたが、妻はそういうのがお腹を壊す原因だと言い、紙コップを買ってくるから毎日取り換えてそれで呑むように、などと言いだした。

私はもう精神的に半病人である。ネット上で大腸がんの闘病記を見つけては食い入るように読んだ。出血が続いたが放置していた、という事例があった。場所が直腸だと、手術をすると人工肛門になる。私のも鮮血だから直腸だろう、とぞうっとする。しかし大腸がんの予後はいいらしく、ステージ3の前半までは、手術でかなり治癒する、というのを知ってほっとしたりする。梅原猛は、確か六十歳で大腸がんを手術している。佐伯一麦も大腸がんを早期に手術したはずだ。

これから二か月、私は本が読めなくなり、ベッドで寝てばかりいるようになってしまう。とにかく恐ろしい。死にたくない。寝ていても不安になるとがばと起き上がる。そんな繰り返しである。昼間は不安が強かったが、不思議と、夜になると楽観的になり、比較的平穏な気分になった。そして朝方夢を見て目覚めると、いつまでもその現実から逃避できる夢の世界にいたいと思ったものだった。はじめの一月ほどは、現実とは離れた、妙に幸福な感じの夢を見た。尾崎紅葉と似た名前の作家がいてそれが早世した、といった時代の人間になっている夢も見た。

さらに妻は、私の体が小さくなった感じがする、と嫌なことを言う。背丈が変わるわけはないから、痩せたということなのだろうが、いかにも病気みたいではないか。缶コーヒーをやめて六十キロを割っていたが、「小さくなった」と言われると気になる。

次にいつ病院へ行けばいいか分からないので、担当医師がいる日を、リハビリに行った妻に見てもらう。担当表をメッセージで送ってくれ、「内視鏡って書いてあるんだけど」と言うので、それは胃がんだけでは、と返事をした。

断煙以後、私はだいぶ妻に依存するようになっていたのだが、この大腸がん騒動でそれがさらに甚だしくなった。妻はロングスリーパーで、休みの日など昼ごろまで寝ているのだが、すると私も、起きていても隣に人がいるのをいいことにずっと寝ていたりした。

七日の土曜日に、妻は以前から非常勤をしていたO大学の新しいキャンパスが大久保にできるので、そこでの会議に行ってきた。私が独身時代に何度か行った熟女ヘルス「寺子屋」の裏手あたりで、そこの責任者で英語の先生の蒲生さんというのは、明大で教えていた時に知り合った人だった。帰宅した妻から、人好きのする蒲生さんの愉快なしぐさなどを聞いて、私はうらやましく、こんな病気で逼塞している自分が悲しくなった。

月曜日に病院へ行くことにして、昼前に起きると、妻が、ドキドキしていてもしょうがないから早めに行きましょうと言い、二人で歩いて行った。しかし私のほうは、便の検査が明日か明後日に終わるというので、血液検査の結果だけ聞いた。腫瘍マーカーがどうなっているかが気がかりだったのだが、ここでは腫瘍マーカーはやっていないとのことで、がっくりした。私はあれからあと、血便が出ていないので、やはり痔の血だったのではないかと考え始め、腫瘍マーカーが陰性ならそれで決着してしまおう、などと能天気なことを考えていたのである。ところで、大腸がんなどだといつでも血は出るもんでしょうか、と医師に訊いたら、いや、出たり出なかったりだね、と答えたから、これもがっくりした。ネット上には、医者らしい人の漫文で、大腸がんやポリープなら血はいつも出る、などと書かれたものがあったのだ。

医者はこの前より頭がはっきりしていて、

「じゃあ水曜日に便検査の結果を見て、まあそれ次第で内視鏡検査をね、金曜日にやってます」

と言ったから、あれっ、やっぱりやってるのかと思った。血液検査の結果が書かれた紙を見ると、血糖値が標準より高い。それで地下へ行くと、私を知っていて妻の居場所を教えてくれる人があり、妻が理学療法士にリハビリを受けているベッドの隣のベッドに座ったのだが、妻は寝そべって療法士相手にぺらぺらしゃべっているが私には気づかない。むしろ座っている療法士のほうが気づいた。そのうちやっと気づいたのだが、誰か私が座るべき椅子を持ってきてくれた。

そしてまた二人で帰途についたのだが、この日は何か呑気な気分で、血糖値について調べて、血糖値を下げる食事などをアマゾンで注文した。ところが届いたそれを見た妻が、これは「難デキ（ストリン）」で、痔の人が食べるもんじゃない、と言い、メルカリで売ってしまった。

しかし、自分のメールボックスをふと「内視鏡」で検索してみたら、片岡みい子さんの四年前のメールが出て来た。片岡さんは面識はないが何かの縁でロシヤのティーポットなどを送ってくれた人だが、そのメールには、内視鏡検査をしたら大腸がんステージ4でした、と明るい調子で書いてあり、二年後に亡くなっていたから、ずんと暗い気分になった。

水曜日に行くと、便に特に菌はなく、内視鏡の予約をとらされる。下剤を呑んだり大変そうなので「もう血は出てませんし」などと抵抗したが押し切られ、その週の金曜は一杯なので翌週の金曜日に予約させられた。

待合室で所在なく、置いてあった教育漫画を読んでみたらこれが珍妙なものだった。未来の社会が環境汚染で破壊されており、一人の少年が、過去のある少年の考え方を変えれば未来も変えられると分かり、歴史を変えてはいけないという時間法を破って過去を変えに行く話なのだが、その過去のほうに出てくる少年が、何を考えていてそれをどう変えたのか全然分からないのである。どうやらLPガスの組合が作った冊子らしく、電気はLPガスから作れるというのが言いたいことらしいが、漫画内でうまく生かされていない。あとで妻に話したら妻も読んで、わけ分からんと言っていた。

しかし病院で妻と合流して、検査が二十日だと言ったら、その日妻は非常勤で千葉へ行くと言う。その日が夏休み明けの初日なのを知らなかったのだ。私はこれまで病院行きはいつも妻についてきてもらっていたし、下剤飲みから支援してもらえると思っていたのでショックだった。妻には休んでほしいと思ったが、妻は、この先手術があったらその時のために休みはとっておきたい、と言った。この先本当の手術、と私は考えて暗くなった。二人で薬局まで行き、その下剤一式を買ってきた。

ところがそのあとになって、私の便通にさらに異常が生じた。細くなってしまったのである。これもポリープなどによって腸管が細くなるためだが、これで、検査をして「特に異常はありませんでした」となる可能性はゼロに近くなった。私は悶々とした。十四日の土曜日には、下痢のようになって黒い便が出て、ああ、これはもうだめだ、と思ったりもした。しかし別に胃が悪くてのタール便ではなく宿便だったらしい。

『進撃の巨人』という人気漫画があるが、私は以前、第十巻あたりを買ってきて読んだが何だか意味が分からずそれきりになっていた。それがこのころ、無料で電子ダウンロードできるようになり、妻が読んで、これはちゃんと読むと伏線や謎解きがすごい、と教えてくれたので、私は自室やベッドの上で妻から借りたタブレットで一巻から順に読み、検査の日までの憂悶を晴らした。妻は私が寝ていると脇に抱き枕のぬいぐるみのコタを立てて、

「進撃の巨コタ」

などと言った。

大腸がん闘病記の中には、「動けるので」と言って手術まで入院先で仕事をしている人もいて、私のように寝てばかりいるというのは精神が弱すぎるだろう。だがもともと不安神経症もちなのだししょうがない。

検査の二日前の十八日、私はそのころ痰のほうに浅田飴が効く気がしていて、妻に買ってくるよう頼んだのだが忘れて来た。もういっぺん行ってきて、と頼むと、自分ではなぜ行かないの？と言う。その日はどういう加減か、もう手術でも何でも受けてやるという覚悟をしていくらか精神が落ち着いていた日だったので、結局は妻と二人でファミリーマートまで歩いていくことになり、夕暮れ時に外へ出た。すると途中で、声をかけてきた男の老人がいて、

「平田山駅へはどう行くんですか」

と言う。私は教えようとしたが、どうも様子が変で、「今まで酒飲んでたからよく分からなくなった」などと言うので、妻と顔を見合わせたが、とりあえず道順を教えて別れた。妻は、

「私一人だったらあの人を平田山駅まで連れて行った」

などと言う。私は「あの老人がキリストだったらどうする」などと言ったが、妻は交通事故の

あと、あと一回何かあったら私はキリスト教徒になる、と言っていて、この頃私は、それが私の何かだったら嫌だな、と思っていた。

検査の前日は、病院でもらった消化のいいレトルト食品を朝昼晩と食べることになっていて、レジャー気分半分、病人気分半分である。

検査当日は、朝八時から下剤を呑み始めて十時までに終え、午後二時に病院へ行くことになっていた。二リットルの下剤のほかに、ピコスルファートナトリウムという、小さいプラスティック瓶に入ったのを、前日の夜に呑むことになっていた。だが検索してみると、これを呑むと夜中に排便があるらしい。当時私はサイレースを呑んで寝る習慣になっていたので、朝方呑んでもいいか病院に電話して、了解を得た。

八時に起きるのはかなりしんどいが、妻が出かけるのは十時なので、それまで下剤を呑むのには同席してくれた。十分に一カップくらい、というのでテーブルの上にタイマーを置いて、飲んでいったが、この時最初に出た分は大量で、下剤飲みの本懐これにありというほどに爽快だった。そのあとも順調に出て、二リットル呑まずに水のような便になった。だがそのあとも水が出続け、そのため痔が痛くなってきた。

午後一時まで、今度出す本の索引を直したりしていた。タクシーを予約していたので、一時半ごろ外へ出ると来ていたので乗り、病院へ行った。すぐ着いた。中へ入ると、自分より年上の人たちばかりで、ああ自分はまだ若い、死にたくないと思う。内視鏡は入って左手の部屋でやっていて、カーテンで区切られた狭いベッドの中で横になり、内視鏡用の紙パンツに着かえたのだが、間違えてパンツの上から穿いてしまい、あとで穿き直した。右手に点滴がなされ、ここから痛み止めを入れるらしい。こうなると俎の上の鯉である。もしポリープ切除などがあると一泊入院なので、入院の準備もしてきているが、こうしていると、家へ帰りたいという気分になってくる。区切りの向こうにいる人は、年齢は私と同じくらいか、いまポリープを切除してこれから入院するらしく、車いすに載せられていた。看護婦から「ご家族は」と訊かれて、「へへそんなものいませんよ」とやくざな感じで言っていた。

いよいよ呼ばれて奥のベッドへ行く。想像と違ったのは窓があって明るいことと、ベッドの狭いことだ。ポリープを切る時は焼灼《しょうしゃく》するため電気が体に通るので、時計や金属類はとるようにとあり、私は妻から、指輪は家へ置いていくよう言われていたので置いてきた。メガネはつけたままだった。

体を横にして、尻から機械が入ってくるのだが、全体として、機械が入っているのが痛いというより、入れるために看護婦が腹を押えたほうがずっと痛かった。内視鏡はまず一番奥まで入って、それから戻りながら検査する。モニターには腸の内部が映っていて、特に何もないようだ。新井素子も、同じころ吐血して大腸検査を受けていた三木卓さんも、自分の腸内が美しい、と書いているが、私はそういうことは感じなかった。だが医師の「分かりますか」という声があり、S状結腸に二センチのポリープがある、と言われたのである。医師は、「これは、切ると出血するので、山北総合病院へ紹介状を書くのでそちらで切ってもらってください。すぎ丸君に乗っていけばいいから……」

と言う。

阿佐ヶ谷に山北総合病院という大きな病院があることは妻から聞いており、もし手術というようなことになったらそこでだろう、と妻からも言われていた。

医師は向こうを向いて机に向かい、紹介状を書いているらしかった。私はベッドから起き上がりながら、

「良性か悪性か、ということは……」

と訊いた。すると医師は向こう向きのまま、

「混じってる感じね」

と言った。

ポリープが良性か悪性かということは、医師には見た目である程度分かるそうだ。表面にあるピットパターンという模様での判断もあり、全体として、いびつな形なら悪性という感じである。いま見た私自身のポリープは、どっちかというとまるっこくまとまっていて、そういびつな感じはしなかった。

その時の私は、見つかったのが「ポリープ」であって「がん」ではなかったことと、切除しなかったから今日は家に帰れるということで安心し、さっきの小さい区画へ戻ってパンツとズボン

に穿き替えていた。そして看護婦に、「大きな病院へ紹介するということはよくあるんですか」と訊いたのは、不安だったからだが、看護婦は、ええよくあります、と答えた。「またあれ（下剤）をやるのか」と言うと看護婦も「ええ」と（大変ですよね）という表情で答える。ここでは切れないが大きい病院なら切れるというのはどういうことか。

するとほどなく「小谷野さんのご家族の方が」という看護婦の声がして、起き上がると、足元へ妻が来てうずくまっていた。あとでメッセージを見ると四時十一分に着いているから、一日目の授業が早めに済んですぐ来てくれたのだろう。

この時の妻の目は、肛門科へ行く前よりずっと緊張して真剣だった。私は結果を説明した。妻はそれからリハビリに行き、私は痛み止めの効果が薄れるまで三十分ほど休んで、受付へ行き妻を待った。テレビでは九月場所の相撲をやっていた。ところがなかなか名前を呼ばれない。五時を回って妻が戻ってきたが、訊いてみたら、まだ紹介状ができていないという。さらに待ってようやく紹介状を貰い、五千円くらいの診察料を払って妻と家路についた。

ネットで調べると、一般的な内視鏡はEMRといい、二センチくらいまでのポリープなら切除できるが、それ以上だとできない。そしてESDという新型の内視鏡は、五センチでも切除できるという。だから、山北病院でESDで切除するということだろうか、と考えた。しかしポリープの切除には「適応」という条件があり、他臓器やリンパ節への転移がなく、一括して切除できること、となっている。ただし前者は調べないと分からないので、医師が判断し、あとで不適応だと分かることもあるらしい。

二センチというのは、ポリープとしては大きい方だ。大腸ポリープの主なものは「腺腫」といい、はじめは良性だが八ミリをこえるあたりからがんを含むようになり、二センチだと、三十五パーセントから五十パーセントの割合でがんを含む。

家へ帰ってそんなことを話すと、妻は、

「どちゃくそやばいものが出て来たわけではないのね」

と言った。がんそのものではないから、そうなのだが……。妻は、

「あっ、ご家族の方、とかいって内緒の話を聞いたりしてないからね」などと言った。

痛み止めのおかげでそのあと私は半ば寝てしまった。

医師は、山北は土曜日もやっている、と言っていたが、予約制で、その日はもう電話の受付は終わっていた。紹介状のある人の予約専用ダイヤルというのが十二時からになっていて、翌日九時ころ起きると、妻は山北に電話したがつながらなかったと言い、また寝てしまった。そのあと私が起きだして十二時すぎに電話するとつながったので、予約したいと言うと、女声で「今日おいでになりたいということですか？」と言う。昨日の今日で疲れているので週明けを希望すると、翌週は医師が休みなので、と言い、次の週の火曜日十時半に予約を入れた。十月一日である。

それからまた煉獄の日々である。しかも便通の状態はさらに悪化し、便秘化してしまって、私はコーラックⅡという便秘薬を買った。これは、一回に一錠から三錠と書いてあり、服用してか

ら六時間から十一時間で効果が出るというから、二錠呑んだら、六時間後に確かに出たが、そのあとも引き続いて、下痢のようになってしまい、それからは一錠ずつ呑むようにした。

さて、今度は「ポリープ」に絞ってあちこち検索する。内視鏡検査はその時にポリープを切除できる。だがそれをせず大きい病院へ紹介するというのはよくあることだったのだが、不安だからいろいろ考える。二センチというのはやはりやばい大きさなんだろうし、「混じってる感じ」という言葉もある。普通は二泊三日の入院で切除するらしいが、ESDだともっと長いらしい。「混じってる」というのは、一部がん化しているということか。私は紹介状に何が書いてあるのか怯え、こっそり開封しようかと思ったりした。存外薄い書状で、これにポリープの写真とか入っているんだろうか、と言うと妻が、ネット上の写真のパスワードが書いてあるんでは、などと言った。

ポリープの良性・悪性の判定は、グループ1から5まであり、多くはグループ3の「腺腫」になり、4だとかなりがん化の疑いが強く、5だとがん。ウェブ上をいろんな言葉で検索する。

私より二十一歳年下の妻は、実家に電話をかけて母親に話をする。すると、九十歳近い父方のおばあちゃんは六つくらいポリープが見つかって一つ一つ切除したが全部取り切れていないとか、父親も六十六歳の時ポリープが見つかって切除したとかいう情報を仕入れて、ポリープなんて誰でもできるものだ、と言う。それらのポリープは良性だったってこと？　と訊くと、知らないと言う。どうも世間には、ポリープががん化するという意識を持たない人たちがいるらしい。

場所は当初直腸だと思っていたがS状結腸だった。直腸がんだとすると、手術すれば人工肛門になり、リンパ節郭清というのをすると、射精障害が起きて、射精はするのだが精液が逆流して膀胱へ発射されるという。S状結腸ならこの手の後遺症はないようだが、排便障害というのが半年くらい残るともいう。とにかくぞっとする。

妻は、一日に山北へ行ったらそれから二週間で切除、と考えていたようだが、混雑する病院らしく、リハビリ先で理学療法士に訊いたら「山北じゃあ二週間ですむかな」と言われたという。長く待つのか、と私は暗い気分になった。病院というのは患者を待たせることも甚だしく、その間に症状が進行してしまうのではないかと思うこともある。

今度ポリープを切除したら、病理検査というのを二週間くらいかけてやるらしい。私は毎日ツイッターで「大腸ポリープ　2センチ」などの語で検索したが、この二週間が不安だったとか、生きた心地がしなかったとか書いている人もいる。こともなげに「良性でした」としている人が意外に多いが、悪性で腸を切った、と書いている人もいる。悪性だった人はあまりツイッターに書かないのかもしれない。

夜はサイレースを呑まないと眠れなくなった。サイレースさえ効かず、二時間くらいしか眠れないこともあった。妻からは、最近いびきがひどい、と言われた。毎日朝から晩まで緊張して生きているから、気が変になりそうで、自室はマンションの一階だが、玄関を出たところにある手すりの向こうが地下になっていて、そこへ飛び下りる自分を想像したりした。

「生検」とは、ポリープの一部をとって検査することで、病理検査とは違うらしい。病理検査でがんがあると、それが粘膜内にとどまっていると「粘膜内がん」ということで、アメリカではがん扱いしないらしく、それで終わりになるが、粘膜下層まで届いていると、十パーセントがリンパへ転移している可能性があるため、腸を切除し、リンパ節郭清をすることになる。

「もしまずかったらもう一度手術することになる」

と妻に言うと、「かわいそう」と言った。そのころ妻は指について、もう一度手術する必要があるかもしれない、と言われていたが、私の状態を見ると指の外科手術なんてなんでもなく思えると言い、

「ああ、病気は嫌だ」

と言った。妻の事故に続いての私の病気で、妻は、今年は魔年《まねん》だと言っていた。私は妻の前で何度か手をあわせて「大明神大明神」と、何ものかに対して祈っていた。

その頃、東京国立近代美術館で「高畑勲展」をやっていて、そのためNHKの「新・日曜美術館」で高畑勲の番組をやっていたから、録画して翌朝観た。だが、朝起きていきなりポリープの件で緊張してしまうことがあり、その日もガチガチの頭で観たから、八十代まで生きた高畑さんを、ああ自分もそれくらい生きたい、などと考えて観ているのだ。緊張していると妻には分かるようだ。

「オスマン帝国外伝」のシーズン3が始まっていたのを、八月末に発見していたので、それを観

ていたが、九月五日以降しばらく観られなかった、それをまた再開し、ツタヤ・ディスカスで届く映画を観て、あとは寝る。妻だけが気持ちの支えになってしまったから、妻が仕事に行った日は、ひたすら帰りを待つ。妻もあれこれと私の気晴らしを見つけてくれた。二十七日には、映画「2001年宇宙の旅」のネット上で見つけた解釈の話をしてくれ、夕飯がすんだあと九時ころから、自室でこの映画を再見するというので、私も脇に座って一緒に観て気晴らしをした。この時はたまたま読んだPR誌に、若手評論家の日記が載っており、そこに毎日、夜は妻とクリスティものドラマを観て寝る、とあったのをうらやましく思ったからである。

水間さんとの対談本が延ばされた予定どおり九月末に出て、見本が送られてきた。そのあと、いつも私のサイン本を求めてくる神保町のT書店から、水間さんとの連名でのサイン本を作ってほしいと編集者経由で依頼があった。十月一日は病院へ行く日だが、その日にこちらへ本を三十冊届けるというので、その日は留守だから翌日にしてくれと返事する。病院へ行っても、入院と切除の日取りを決めるだけなのだろうが、その時は、何を言われたりされたりするか分からない、「これはまずいですね」と言われたり、別の検査をされてもっとやばいものが見つかったりするかもしれないと怯えていた。ノイローゼである。

翌日は病院に行くという三十日の夜になって、週刊誌記者から、取材したいという電話が入った。最近は週刊誌のこの手のは、だいたいエロネタであるがこの日もそうで、明日電話したいというから、明日は留守ですから今日中に、とうろたえて言った。すると、二十分ほど待ってくださいと言うので待っていたが音沙汰がないから、何度も電話したが出ない。そのうち別の記者から電話があり、メールで質問を送るという。届いたメールを見たら、丁寧に書いてはあるが、中身は変で、私が繰り返し否定している、日本人は裸体を気にしなかった的な俗説や「音フェチ」は昔からあったのかといったことが書いてある。私は「音フェチ」って何だか分からなかったのであとで妻の説明を受けたが、そんなもの昔にあるわけがない。いざ電話で話すと、これまた口調は丁寧なのだが、私が「女の裸を覗くのは『好色一代男』にあります」と言えば「寡聞《かぶん》にして存じませんで」と言い、私がマゾッホといってもマゾッホを知らないらしく「ゴッホ?」というありさまで、私は精神状態が悪くなると痰がからんで声が変になるので、へとへとになった。

私は夜になって風呂で髪だけ洗ったが、左耳に水が入ってしまいとれなくなった。妻に、どうやってとるか訊いたら、綿棒、と言ったが、検索したら、綿棒でとってはいけないと書いてあった。結局とれないまま寝た。

一日は朝八時に起きて、妻についてきてもらった。耳の中の水は蒸発していた。妻はその日は午後から仕事だった。マンションから少し歩くと平田山小学校があり、その前にすぎ丸のバス停がある。血便以後、家の周辺より遠くまで行くのは初めてだった。阿佐ヶ谷駅まで二十分もかからなかった。バス内では一度だけ、子供たちが歌う「すぎ丸の歌」が流れた。この通りは阿佐ヶ谷辺のけやき通りに続いているので、二番の「けやきの道を走る……」だけが流れるのだ。私は、ああ生きていたいもっと、と思った。

山北総合病院は、本館に対して新館や別館が建て増しされた複雑な構造をしていて、妻が道を間違えたりしたが、本館正面から入ると、紹介状を持った人専用の窓口があり、そこで手続きをして坐って待っていると、テレビのニュースが流れていて、妻が、

「あっ、ジェシー・ノーマンが死んだ。あたし好きだったのに」

と言った。私はその二日後くらいに流れた佐藤しのぶの死去のニュースのほうが、まだ六十一歳なだけにショックだった。自分がこういう状態だと、訃報もビンビン響く。若いころ愛読した吾妻ひでおも、かねて食道がんの治療中なのは知っていたが、この間に死去した。

ところがこの病院に入ってから、また左耳がおかしくなった。名前を呼ばれて奥の診察室へ行くと、いくつものドアがあり大勢の患者とその家族が待っていた。妻は隣で、『谷崎潤一郎＝渡辺千萬子往復書簡』の文庫版を読んでいた。翌日の夜、下北沢で小さな劇団による『瘋癲老人日記』の上演後のトークショーを頼まれていたからだ。予定より十分ほど遅れただけで診察室へ呼ばれ、妻と中へ入ると、消化器内科の代表の医師がいて、机の上には紹介状が開かれ、そこにはポリープの写真もちゃんとあった。私が「一センチですが」と言うと、「ええ、切りましょう」と言い、二泊三日の入院で、日程は十二日の切除となり、意外に早かった。妻がその間どれほど来られるかを口にしていた。外へ出ると妻は仕事に行き、私は入院の手続きをし、外へ出て、うさぎやという有名らしい甘味店であん団子を買い、帰途についた。家へ帰ると耳は元に戻った。

私は喫煙していたころ、もし入院などということになったらどうするのだろうと思ったが、実

際そういうことになり、しかしタバコはやめていたのであった。

私はそれまでこのポリープの一件を外に漏らしていなかったが、これを機に知人二人ほどにメールで知らせた。入院にあたってもらった書類に、医療費限度額の申請というのをするよう書いてあった。はじめ杉並区に電話して訊いたら、ここではなく、私が所属する文藝美術国民健康保険に申請するというので、電話して書類を送ってもらって出したらすぐ認定証が届いた。

その頃、ウェブを検索していて、私が若いころ半年ほどつきあっていた先輩の吉川《きっかわ》玲子が、勤務先の八重桜大学で学部長になっているのを知り、複雑な気分に襲われた。私は大学教授になり損ね、妻も非常勤で苦労し、著作も売れなくなっている。さらにこの病気で逼塞状態だ。もちろん東大教授でも死ぬことはあるのだから、生きてこそとも考えられる。惨めな気分を被虐趣味に変えてみたりもした。

しかしその八重桜大学でも、六十五歳定年を七十歳まで延長するのが定例のところ、数年前に吉川さんの所属研究室で六十五歳で追い出された左翼教授が地位確認訴訟を起こしてその経緯をウェブに発表し、最終的に敗訴すると内情をバラしたりしていて、吉川さんらは一切黙殺、ということがあり、早稲田の文藝でのセクハラ事件もあったりして、とうてい私にはこういう中で沈黙を守る大学教授などというのは務まらなかったなあ、と思ってもいたのであった。

なすすべもなくベッドに寝ていると、若かったころのことなどが思い出されて、この病気から回復してももう若いころのようにはできないという思いが胸を焼いた。あるいは過去や現在の他人から受けた辛い仕打ちのあれこれが蘇ってベッド上でのたうったりした。

入院の前日の十日、ネット検索をしていて、新井素子が「大腸ポリープ物語」というのを書いているのを知り、それが収められた『ダイエット物語』をキンドルでダウンロードして読んだ。新井は私の二つ上で、他人事にして書いているが実体験だろう。夫の会社での人間ドックに参加し便潜血検査で陽性になったのに内視鏡検査を受けずにいたら、後日別件の治療をそこで受けた際に指摘されてしまった。痔だから、と言うのだが反論されて内視鏡を受けたら一センチのポリープが見つかり、家の近くの病院で切除し、だがそのあと出血し、病院で失神し、結局ポリープは良性だった、という話だ。一センチといえば小さいとはいえ、それを実にコミカルなタッチで描いていて、これはたまらん、と思った。血便でこそないものの、私の悲壮なとらえ方とはまったく違う。新井というのは、先ごろ自分の遺品について発言していたのでも分かるとおり、あまり死ぬのが怖くない人なのだろう、と思った。

夜には、夕飯を終えてから、妻と入院準備をした。二十年前に大阪から帰ってきて東京にいたころ買った紀ノ国屋の簡便なバッグと、もう一つの軽いバッグにいろいろと詰めていった。この作業は、妻の性格のせいか、遠足の準備のような楽しさをはらんでいた。妻に倣って「コタ」も連れて行くことにした。

台風が近づいており、大型と予測されていて、十二日に予定された私のポリープ切除は、台風来の大変な日になりそうだった。入院は十時半からとなっているが、昼食から食事制限するのだろう。十一日も八時ごろ起きて、すぎ丸に乗って病院まで妻がついてきてくれ、そこから妻は大学に向かった。この時だったたか、車内に、脳性まひなのだろう十二歳くらいの男の子を連れた母親が乗っていて、落ち着きなく動き回ったり変な声をあげたりする子供を、諦念をたたえた顔で面倒を見ていた。この母親は生涯こんな生活が続くんだろうな、と思った。一般的には、これに比べたら自分は幸せだとか思うのだろうが、私はただ、自分がそんな身の上でなくて良かった、とばかり思うのだった。

入院手続きをした私は、四階の四人部屋に入ることになっており、掃除が終わるまでというのでデイルームという患者の休憩室で三十分ほど待たされた。しかし小さな部屋で、テレビとお茶の装置があり、その間三人くらいの中高年の患者が来て、テレビを観たりお茶を呑んだりしていた。窓の外には、台風到来を思わせる冷たげな曇り空が見えていた。私は二個の鞄を置いてぼんやり座っていた。私は子供のころ、二度も交通事故に遭って入院したが、大人になってからの入院は初めてである。これから自分は健康な人間とは違う世界に入るのだ――この時の意識は、奇妙に懐かしい。

案内された四〇三号の四人部屋は、数か月前に妻が入院していた六人部屋よりはるかに広く、ほかの三人との間はカーテンで区切られ、彼らの顔を見ることもできなかった。ベッドに入り、下半身だけパジャマに着替えると、最近いつもそうであるように何もせず横になった。家でベッドで寝ている時は、不安のために起き上がってしまうことが多かったが、入院ではそういうことは不思議になかった。

脇にはテレビがあり、カードを買って来れば観られたが、観ることはなかった。ほどなく切除前の消化のいい昼食が運ばれてきて、私はすぐ食べた。私は永福町に住んでいたころから、缶コーヒーの中毒になっており、「微糖」というのを時には日に二缶呑んでいたが、四月ころ、妻に止められてやめていた。そのあとはブラックの缶コーヒーを呑んでいたが、下痢をしてからそれもやめた。たぶん前者をやめたために体重は落ちており、この時は五十六キロくらいになっていた。

向かい側に入院している老人のところには看護婦が頻々と出入りしており、会話から、一人暮らしで、血を吐いて救急搬送されてきたらしいことが分かった。別の室からは、老人の入院患者の、大きな咳やうなり声、譫妄状態の声のようなものが絶えず聞こえていて、ああ老いはいやだ、とつらい気分になった。

食事のあとしばらくぼうっとしてから、久しぶりに本を読み始めた。中川右介さんが送ってくれた歌舞伎の新書である。久しぶりだからか、活字に目が慣れず、三分の一くらいでやめ、また横になった。コタの写真を撮って妻宛てに送ったら、「コタグランデ」などと返事が来た。うちのコタは中型だが、大きいのを「グランデ」と呼んだらしい。

授業が終わった妻が四時半過ぎに来てくれて、夕飯まで一時間以上話して帰っていったが、翌日来られるかどうかは台風次第で、妻は一時、阿佐ヶ谷に泊ることとさえ検討してくれた。ところが、妻と話し始めてほどなく、私は軽い恐怖心にとらえられた。それは、妻がそのうち帰ってしまうという恐怖心だった。妻は、東大時代の食事の場所はどこが良かったかなどという話をして、本郷にある「ルヴェ・ソン・ヴェール」が良かったなどと言っていた。私にはもう自分が戻れない世界の話のような気がした。

妻がいる間に、夜の担当だという南洋系の女子が「ジャニスです」と言って入ってきた。インドネシアから来たのだというが、日本語はわりあい達者だった。夕飯が終わって、九時過ぎには消灯、そして朝六時には下剤を呑み始めるというハードなスケジュールになっていた。私はむしろその晩眠れるかが心配で、女性の薬剤師に、病院で出してくれるという睡眠導入剤を訊いたら、ニトラゼパムだという。私のはフルニトラゼパムで、「どう違うんですか」と訊いたら、「……ほとんど同じですね」ということだった。

九時に消灯するのかと思ったら消えず、私は妻とメッセージのやりとりをしていた。台風は明日の午後あたりがひどくなるようで、電車の運休情報などが流れていた。翌日は病院も人手不足になるなどと言われていた。だが私のいる所からは何もそういう気配は窺えなかった。十時過ぎに消灯になった。

サイレースにハルシオンを呑んだが、結局眠れたのは三時間くらいだった。四時過ぎにトイレへ行くとジャニスがいて「寝れた?」と訊いてくれたから、「少し」と答えた。ジャニスは下剤を持ってくることになっており、六時からはきついので七時にしてもらっていたが、こう眠れないのでは同じことだった。

昼間、明日内視鏡をやる医師二人がちらりと来ていたが、どうも名目上は「検査」ということになっているようだった。

しかし今回の下剤は、初回ほど盛大に出てはくれず、なかなか出ないので少々焦った。ようやく水のようなのが出て、トイレで看護婦を呼んでオッケーを貰い、ベッドに戻ってほっとしたころに、妻がやってきた。検査は十時からで、医師が来て、「台風も来ているのでさっさとやってしまいましょう」などと言っていた。

そのあと点滴が刺され、三十分ほどで車いすの迎えが来て、私はこれに乗ってエレベーターに乗り、内視鏡室まで行った。今回は眼鏡を外されたのでモニターなどは見えなかったが、女性医師が男性医師の指導でやっている感じだった。もういっぺん奥から検査して、二センチのポリープは切除された。「パチン」と音がした。

車いすで外へ出ると、あちらの部屋に妻が待機していて、担当の男性医師が何か言ったらしく、それから私の方へ来て、

「切ったポリープ見ますか」

と言うから、ぼんやりした頭で「ええ」と答えると、瓶に入ったそれを横にして見せてくれた。ポリープは繭のような形をして赤かった。

ツイッター上で、切ったポリープに「フレドリック」と名前をつけている人がいたので、私も

いつしか自分のそれを「フレデリック」と呼ぶようになった。妻は私より先にフレデリックを見せられていて、「あれはいい子だよ。目を見れば分かる」などと言っていた。私も形だけ見れば、整っているしいい子だと思いたいのだが、平田山病院での「混じってる感じ」がひっかかった。

車いすで出て来た私を見た妻は、唇が白い、どうしたの、と言ったが、一時的に乾燥していたのだろう。ところがその時、次に病理検査の結果を聞きに来る日が十一月五日、と聞かされて絶望していたのだ。それでは三週間以上先になる。妻も私より先に聞いていたという。暗い気分で自室へ帰って横になると、台風が近づいてきたので妻も帰ってしまった。館内放送で、病院内のローソンが午後一時三十分で営業を停止する、と言っている。相変わらず、外の台風の様子は分からない。

私の奥の入院患者は、昨日とは違う人になっていたが、老人ではなく、妙に派手な服を着て、医者や看護婦がしげしげやってきてはなじみのように話している。入院しているんだから何かの病気なんだろうが、結局翌日退院していったし、ベッドの中でもぼりぼりおかきみたいなものを食べていた。話しているのを聞くとコスプレイヤーらしく、自転車で病院へ来たと言っており、看護婦にも人気で二人の看護婦が、今までで一番お気に入りのコスプレは？　などと訊き、「仮面ライダー1号とファイヤーマン」などと答えていたから、私より少し下かもしれない。あちらはカーテンの向こうだから、ファイヤーマンの歌でも歌ってやろうかと思った。

それはさて、コタは確かに私の左手に寝転がっているのだが、結局看護婦でこれについて口にした人はいなかった。妻でさえ入院した時に「かわいいものが好きなんですね」と言われたくらいだから、犬の抱き枕を入院に持ち込む五十代のおっさんに言うべき言葉などないだろう。

その日は絶食である。翌朝の朝食まで何も食べられない。私はさほど大食漢ではないし、空腹を苦にするほうでもないが、これには参った。子供のころテレビでやっていたサッポロ一番塩ラーメンのCMが脳内でリプレイされ「白菜、椎茸、人参、季節のお野菜いかがです、玉葱、筍、さやえんどう」などとなるし、「キャンプ料理」という歌の、焼き飯、ライスカレーなどのレシピが歌になっているのを思い出して、ああこういうの食いてえーと思っていた。当然里心もついて、自宅のベッドで寝たい、とも思う。

六月ころに妻に言われてやっていた古いカセットテープをデジタル化する作業で、中学生から高校生時代に録音した音楽をずいぶん聴いた。そして、子供のころというのは毎日毎日頭や体が成長しているのだ、ということを新たな驚きとともに意識した。あとから考えたら驚くべきことで、もちろんその当時でも、それまで知らなかった世界との出会いは意識していたのだが、今となってはそれは何ともすごいことだ、と改めて考えた。

十時に消灯になるとすぐサイレースを呑んだら、すぐ寝たらしいのだが、午前二時に目が覚めてしまった。そうなると眠れない。遠くから、咳やうめき声が聞こえてきて、部屋のドアを閉めたが、ほどなく看護婦が来て開けてしまった。

結局そのまま眠れず朝を迎えるのだが、隣のレイヤー氏も眠れないのかぼりぼり、ごそごそやっていた。台風は朝方までには静まったらしい。妻に来てもらってタクシーで帰ろうと思ったが、その日担当になった看護婦にそう言ったら「タクシー拾えるかなあ……」と言ったその顔を見て、この病院の看護婦の美人率が高いのを感じた。最近は看護師に統一してしまうことが多いが、私がここで見たのはみな女だった。ところが、退院の際の会計について言うと、今日は日曜日で会計ができないので、十月中にもういっぺん来て精算してくれ、と言うので、嫌な気分になった。結果を聞きに来るのが十一月なのに、それ以前に来るというのかと思ったからだ。

九時半に妻が来て、タクシーじゃなくていいでしょ、と言う。外へ出ると台風一過のピーカンである。阿佐ヶ谷まで歩いてすぎ丸に乗ると、ほかの乗客がおらず、私たちは最後尾に座った。妻が、

「あれっ、桐島吾作じゃない?」

と言う。見ると交差点の向こうに立っているのは、私を嫌っている評論家の桐島吾作で、犬を連れている。隣にいるのが夫人で、これも犬を連れており、柴犬とラブラドルらしい。最近桐島は世田谷区から移ってきて、ここの古書店の店主になったのだという。信号が青に変わり、桐島とその妻は、私らがバスに乗っていることなど知る由もなく脇を通り過ぎていった。晴れた日曜の朝に妻と犬を散歩させるという健康さがうらやましくもあった。

途中で二人くらい乗ってきたが、ほとんど私たちの貸し切り状態で家まで着いた。それから一週間ほどは、私はおかゆ的なもので過ごさねばならない。私の髪から盛んに白いふけが散ってい

るというので、風呂場で妻に頭だけ洗ってもらったりし、そのあとベッドで寝た。この病気になってからは、昼間は眠くても寝られなかったのだが、この日は少し寝たようだった。

紫式部の主人の上東門院《じょうとうもんいん》・藤原彰子という人は、八十七歳まで生きた。その弟の摂関・藤原頼通は八十三歳まで生きているし、長命の一族だった。しかし平安時代のことだから、手術に類するものはないわけで、要するにそういう治療の必要な病気には罹らずに生きたということになる。近世でも、近松門左衛門とか馬琴とか山東京山などはやはり同じ状況で長命だったわけで、私は結局こういう人たちのようにはなれなかったのだな、などと思った。

しかしここからが長かった。もう検索することもなくなったが、最後のほうで見つけた情報があり、それは、ポリープの大きさとそれが粘膜内がんであるパーセンテージに関する表で、一センチから二センチなら二十七パーセント、二センチを超えると四十パーセントになっていた。私は大きくなると粘膜内にとどまらなくなると思っていたから、これは都合のいい情報だった。これに、半分は良性というのを加えると、九十パーセントくらいは、追加手術は不要ということになる。だがそれでも私は追加手術には怯えた。

病院から電話があって、入院費用は先に預けた額より低かったので支払いには来なくてよく、次に来た時に残額を受け取ってくれとのことだった。

この二か月の間に観た映画やドラマは特に印象深いが、一つはNHKで放送した「おシャシャのシャン！」という農村歌舞伎を描いたドラマで、坂口理子が書いたシナリオコンクールの当選作で、高畑勲がこれが好きで「かぐや姫の物語」のシナリオを坂口に依頼したというので観たものので、田畑智子の主演で風変わりな感じ、尾上松也の若いころの弁天小僧が上手かった。

最悪だと思ったのは岡本喜八の一九七九年の映画「英霊たちの応援歌」で、特攻を描いているのだが、特攻隊員たちが、隊員の一人・山田隆夫が演じる落語を聴いてわざとらしくゲラゲラ笑っていて、そのあと永島敏行が呼びに来て特攻に出掛ける、つまり彼らがまったく死ぬのを怖がっていないという設定で、事実とはまったく異なるし、「永遠の0」が特攻美化などではないのに非難されて、こういうのを「左翼」だとされている岡本が作っていたというのはまことに理解不能だった。これは私が高校二年の時の映画で、私はちょっとだけ出演している竹下景子のファンで、前年には岡本の「ブルークリスマス」を竹下景子が出るので映画館まで観に行ったのに、当時全然知らなかった。

少し前から、私のいびきがうるさいと言われていて、ストレスのせいかサイレースのせいか分からなかったが、ネットで調べると、口をあけて口呼吸するからいびきになるので、口を閉じるテープを売っていた。私自身、起きた時に口の中が乾燥しているのを感じていたから、これを買ったが、いかにも途中で苦しくなりそうだ。苦しくなったら自分で無意識にはがすそうだ。だがこれを貼ると、あくびや咳ができないだろうし、考えた末、妻に渡して、もしいびきがうるさいようなら貼ってくれと頼んだ。

妻はいびきがうるさいと、私の体をゆすったりして止めていたというが、それは全然私は意識していない。ところが、この口テープは実際に何度か貼られたのだが、これが貼られるのは寝ていても分かるのが不思議であった。効き目のほうは、あったりなかったりのようだったが、そのうち口の乾燥は治った。

翌週は精神科医へ薬をとりに行ったのが、久しぶりに自転車に乗ったことになったが、それでだいぶ脚がなまっていることが分かり、雨もよいの金曜日には、家の中を歩いて往復して脚を鍛えていた。この日はまた台風が千葉県を襲った日で、妻は千葉の大学へ非常勤に行っていたが、六時を過ぎてしばらくしても帰ってこないから、「遅れている?」とメッセージを送ったが返事がなく、七時を回って心配になり、携帯へ電話をしたが出ない。私は不安の極、何度も表へ帰ってこないか様子を見に行き、無事帰ってきたら手術を受けてもいい、とまで思った。八時過ぎに、携帯に電話したらやっと出て、今まで漫画家の船橋さんと話していたそうで、これから帰ると言うのでほっとしつつ、それなら連絡くらいしてくれ、と思った。

久しぶりに性的な夢を見て、その時ふと目が覚めて自分が勃起していることに気づいた。病気になってからは絶えてないことだったから、昼間試してみたら勃起も射精もした。(もっとも勃起なしの射精ならいつでもできた)

十一月五日が近づくにつれ、不安と期待が募りつつも、もしこれで「無罪放免」になったとしても、体調がすぐ回復することはないだろう、と思うようになった。そもそも「発病」以前は禁断症状だったのだし、それはまだ終わってはおらず、タバコの夢も見る。十一月一日の夜、妻がポツリと「やっと結果が出るわね」と言ったのは、やはり待っていたのだろう、と思った。だがそれでもまだ四日あった。

五日の前の夜はさすがによく眠れなかった。妻によると「カリカリ」している感じだったという。妻はついてきてくれたが、先に入院費用の払い戻しを受けているうちに、仕事があるので帰っていった。その後、別館の待合室というところへ行ったが、ここはずらりとドアが並んでいて、患者が出入りしていた。よくわけの分からないことをいう老人相手に看護婦が苦労していた。予定から四十分ほどして、私が呼び入れられた。中にいたのは若い医師で、「あっ、このポリープ、これは良性でした」と言った。私が「グループ3ですか」と言うと、そうですと言う。私は「それは、中にがんがあったけれど、ということでは」「いや、それもないです」ということであった。別に何の書類ももらえなかった。

会計を終えて病院の裏手へ出てぼんやり歩いていくと神社があったから、思わず手を合わせ、うさぎやへ寄ったらあとから長蛇の列ができたが、あん団子を買ってすぎ丸で帰った。

しかしその後で改元のパレードなどが行われたらしく、相変わらず私は日本から孤立していたのであった。

その晩は久しぶりに安堵して夕飯が食べられたのだが、翌朝起きるとひどく落ち着かず、外へ出てすぎ丸の出る小学校前まで散歩したりしたのは、つまりこの後は内科へ行って胸部レントゲンを撮ることにしていて、それが不安の種だったのである。

家の前の通りを駅のほうへずっと行くと、セント・ジョルジュという高層マンションがあり、その一階に、内科、眼科、歯科、薬局が並んで入っており、内科のいかづち医院へ行くことにしていた。二か月の間に何だか地理感覚がおかしくなり、この医院群が一筋奥にあるような気がしていた。

私の中にはまだかじかんだ心理があり、朝食のあと、また寝室へ引っ込もうとするのを妻に止められたりして、中絶していた読書を再開したりしていたが、翌日は内科へレントゲンを撮りに行かなければならない。夜中からそれが不安で、例によって脚が痛かったから、それを口実に内科へ行くのをやめてしまおうと思い、朝食を食べてから寝室で寝てしまった。すると妻が恐ろしい剣幕で、

「それなら明日は絶対医者行くんだよ！」

と叫んだから、私は、少し苦悩したあげく、今日行ってしまったほうが楽だ、と思い、飛び起きると自転車を走らせていかづち内科へ行った。

七十歳を超えたいかづち先生は、痰がからむと聞いて薬を出してくれることになり（それは私が予想した通りのムコダインとかの薬で、前から飲んではいた）、「レントゲン撮りましょうか」と言って撮影してくれた。いかづち先生は、

「ああっ、これは大変だ、というようなことはないですね」

と言いつつ、細かい病変はCTスキャンを撮らないと分からないので、いつでもCTをとると

ころは紹介します、などと言った。

それで安心して、その並びの一番奥にあるあちこち薬局へ行って待っていたら、腸検査の時に食べたみたいなレトルト食品がずらっと並んでいて、ああ命拾いしたなあ、と思って感慨に耽っていたから、それからこの薬局へ来るたびにその気分を思い出すようになった。自宅へ帰ると妻が「トントンはやればできる子」などと言ってくれた。

ところが、左目の飛蚊症《ひぶんしょう》がまだ残っていて、これも寝付いている間に目の隅に白いものが走るようになり、ちょっと気にしていたら女性器みたいな形の裂け目じみたものが時おり見えるようになっていた。平田山眼科というところは女医さんだというので、これまた恐る恐る行ってみた。赤倉あや子という、あとで調べたら六十代後半の、アネゴ肌のしゃべり方をする女傑風の眼医者さんで、広い診察室を暗くしたり明るくしたりして診察していて、あと二人くらいになると診察室へ呼び入れられる。聞いているとこの先生はコンタクトレンズ否定派らしく、コンタクトで目を傷つけたという女性患者に、インターネットで買ったコンタクトなんて誰も責任とってくれないでしょう、と懇々と諭していた。

ずいぶんあれこれ調べられて、白内障があり、緑内障の疑いもあるとまで言われて暗い気分になったが、結局もう一度行って新しくメガネを作り直すことになった。こうして次第に日常生活に戻ってはいったが、出した本は売れておらず、仕事がないことに変わりはなく、このまま仕事のない日々が続いたらどうしようと、足もとからぞうっとすることもあった。

十二月には、妻が熱心に観たがっていて、チケット発売日にはあっという間に売り切れたのを、別の販売サイトで一等のチケットをとった、尾上菊之助がやる「風の谷のナウシカ」の歌舞伎を観に、二回新橋演舞場へ足を運んだ。夜の部が先だったが、それより前に主演の菊之助がケガをして、宙乗りがなしになっていた。私は禁断症状はまだ残っていて、飴をなめながらの観劇になったが、私はもうこの十年くらい舞台藝術には失望していて、古いものについて調べることはあっても、実地に観に行くことはめったになくなっており、この前は人にチケットをもらって妻と国立劇場へ行った一年前の歌舞伎で、その時私は存外面白く、やはり歌舞伎が好きなんだなと思った。

しかし歌舞伎「ナウシカ」は、歌舞伎がもともと好きで「ナウシカ」も大好きな私には、どちらもが台無しにされるというひどい経験だった。何しろ成功したとはいえない漫画版を忠実に歌舞伎化するというのだから無茶な話で、夜の部は特にひどかった。ところが私の隣にいる三十くらいの着物を着た女性が、イヤホンガイドをつけてじっと観ているのだが、両手を重ねて膝の上に乗せ、微動だにしないくらい静かなのである。私のほうは芝居がくだらなくてつまらないのに呆れてもぞもぞ動いているから、この女性からしたら落ち着きのないおじさんが隣にいたと思っているだろうが、こちらでは勝手なことによくこんな芝居をじっと観ていられるなと呆れるばかりであった。まあ、歌舞伎化された「ナウシカ」を観るのにイヤホンガイドを必要とする人を私がバカにしているということもあるが、イヤホンガイドからは赤坂憲雄の解説が聞こえるそうで、そういう仕事をする赤坂への嫉妬もあった。

歌舞伎を観るには私は声を掛けたい口なので普通は三階席をとるのだが、この時は一階の後ろのほうしかとれなかった。すると、今度も妻が、桐島吾作がいることに気づいた。休憩時間に土産もの売り場では近くに桐島がいたりしたらしい。

終わったのは九時を過ぎていて、どこで夕飯を食べるかは考えていたのだが、私が歌舞伎座の近くにあるラーメン店へ行ったためひどいことになった。私と妻が入って注文するとすぐあとから三十代くらいの会社員の男三人組がどやどやと入ってきてわれわれの後ろに座を占めると、全員が煙草を喫いだし、女の子がどうしたとかえげつない話をして、その煙がもろにこっちへ来るので、妻は嫌がって食べるのを途中で外へ出てしまい、悪いことをしたと思った。

昼の部を観に行った時は宙乗りも復活していた。やはり、映画で扱った部分まで良かったと思った。はねて、妻はどこかの美術館へ寄るというので一人で先に帰ったが、地下鉄の中で、小学校三年生（会話を聞いていて学年が分かった）の男子がやたら母親にべたついていて、何だか気持ち悪かった。

菊之助の、歌舞伎を活性化したいという思いは立派なものだと思ったが、「ナウシカ」歌舞伎は成功したとは言い難いと思った。

そのころ、私は次第に、九時になると寝ていた習慣が改まって、元通り十二時ころに就寝するようになったが、YouTubeで「元素の歌」を毎晩聞いては寝ていた。それは英語で作られた歌の日本版を、トーマス・ハワード・リクテンスタインという日本在住の作曲家が作って、アンジェリーナとジェニファーという娘が歌ったもので、横に二人の顔が出て、白人の顔をした少女が日本語で「アンチモンヒ素アルミニウムセレン……」と歌うから変な感じだが、妙に精神を落ち着かせる効能があって、しばらくこれを聞いては寝ていた。

年末は、妻は実家へ帰省するのが通常だったが、私がまだポリープ以後の精神安定に至っていないというので今年はやめにした。年が明けると二〇二〇年で、私が最初の著書を出したのが一九九〇年なので、デビュー三十周年ということで、サイン本を販売するというのを妻が企画してくれた。私は断煙からくるうつ状態が残っていて、一月二日、起きて机の前に座ったとたん、ああ仕事がないんだ、という鬱に襲われたが、その瞬間ツイッターに、妻のアカウントでサイン本販売の告知が挙がってきて気持ちが上向いたことがあった。

そのころ、芥川賞の候補作が発表されて、私は由良本さんとの対談もあるし候補作を読んでいたら、候補になっているある男性新人作家の作品が、ひどく読みにくく、いいとも思われないのに、世間で人気があるのに気づいて、私はこれは何でなんだろうと探求し始めた。

妻は指の怪我について、もう一度手術が必要だと言われ、一月二十五日に再手術することになった。だが前回と違って、今度は手術後、麻酔から醒めるのがうまくいかず、氷雨が降る天気の中、なかなか目覚めず、苦しそうにしていたが、目覚めても気持ちが悪いらしく、ビニール袋に嘔吐したりしていたから、私のほうもつらい気分になった。

もっとも、翌日退院するので迎えに行くともう元気になっていた。二月の中ごろ、私は由良本さんとの対談のために吉祥寺まで行ったが、これがコロナ前の最後の電車での外出になった。

由良本さんとの対談の翌日、私はちょっと体調が悪かったのだが、意を決して平田山病院へ行き、形成外科にかかった。というのは、左側の脚のつけねに、もう十年も前から黒いできものが出来ていたからで、これは二十代のころはホクロに見えたのだが、時どきポロリとはがれ落ちたりしていた。それが十年前、急に大きくなり、黒いかたまりがポロリと落ちると、またあとから大きくなるということが続き、そのうち成長は止まったが、少しずつ大きくなり、ついには横二センチくらいの横長の黒いものとして定着した。どうやら脂漏性角化症《しろうせいかくかしょう》というものらしいと見当はつけたが、医者へ行くのが怖くて、イボコロリを塗ったり、液体窒素が手に入らないかと思ってアマゾンで購入したのは単なる気体窒素だったりしたのだが、妻が通院するようになって平田山病院へ行くと、形成外科があるのが分かり、妻によると美人の女医さんがいるというので行く気になったのであった。

結局、思った通り脂漏性角化症で、これは別名を老人性イボともいう。切ってもらうことになり、二月の末には切ってもらった。ところが最初に行った時、びくびくしていたので、支払いを忘れて帰ってきてしまった。それから妻に、病院へ行ってきたと話し、それから妻が病院へ行ったら、私の名前が呼ばれているので支払って来たというので、忘れてもあとから妻が来て払ってくれるってどういうシステムだ、と大笑いになった。

しかし結局、そこから「ダイヤモンド・プリンセス事件」へなだれこみ、そのままコロナ騒動になってしまったわけで、イボに関してはこのタイミングで切っておいて良かった、とは思った。図書館は三月九日から休館になり困っていたら四月一日に再開した。ところが七日に緊急事態宣言が出て、また休館になってしまった。

この春ごろから、私は旺盛な食欲に襲われ、お菓子などを買ってきてはぼりぼりばりばりと食べるようになったが、要するにこれが、煙草をやめてから襲ってくる食欲なのだろうが、もう二年半過ぎてから来るのだから遅いものだ。

そのころ、人気講談師の神田松之丞が伯山を襲名するので、池袋、上野、浅草で襲名披露公演を行った様子が毎日You Tubeで配信されていたのでそれを観ていた。私は三、四年前にDVDで観て、それほどでもないなと思っていたが、今観ると格段にうまくなっていて、「天才」性を感じた。才能のある若者を観るというのは気持ちのいいものだと思いつつ、私も若いころ、自分は天才じゃないかと思うことがあったのを何だかにやにやしながら思い出していた。

私は前年の病気のあと、文化的な新しい動きには背を向けないようにしようと考えていた。この五、六年ほど、私の中には、もともとあった新しいものを嫌う傾向が募っていたからで、実際に読んだり観たりしてどうしてもダメなら仕方がないが、世間で話題になっていたら一応は目を通してみるという姿勢を決めたのである。そうでないと、老け込んでしまう、とも思ったからだ。

三月になってほどなく、アメリカのロバート・スタイガーという私と同年くらいの作家からメールがあった。彼は私が書いた『川端康成伝』を読んでいて、翌年日本を訪ねるから私と会いたい、と言うのである。彼は若いころ、私の出身研究室である東大の比較文学に留学したことがあるというので、その当時の人数人に訊いてみたが、うすらぼんやりいたような気がする、という人がいただけだった。日本語は何とか読めるらしいが、何だかメールのやりとりで、「藝者」とか「京都」とかに関心があるジャパノフィルじゃないかという気がして、あまり会いたくなくなったのだが、なぜ日本に興味を持ったのか追及していったら、「ジュードー」に関心があったからだ、というので、ああそうかと納得した。翌年もコロナは収まっていなかったから、その後どうしたのかは知らない。

妻は三月から、アマゾン・プライムの「プラス松竹」で、「男はつらいよ」全作を観るというのをやり始めた。私も全部は観ていないので、その驥尾《きび》に付して「男はつらいよ」の未見のものを観始めた。

私は「男はつらいよ」はそれほど好きではなかったのだが、妻が解説するのを聞きながら観ていると面白くなってきた。中で、寅さんがマドンナを「振る」回があり、二十九作目の「寅次郎あじさいの恋」で、マドンナはいしだあゆみで、地方の漁村に暮らしている冴えない女だが、寅さんを鎌倉への観光旅行に誘う。妻はこれを、「女がパンツ脱いで誘っている」と言うのだが、この表現は他人のブログで見つけたものらしい。ビビった寅さんは、甥の満男を連れて行くのだが、妻はこれを、「パンツ脱いで待っているのに満男を連れて行くなんて」と言うのである。そう言われて観るとそうかなとも思うが、この満男が子役の吉岡秀隆で、ここは吉岡以前の子役ではダメだ、と妻は言うのである。なおこの回は私は前に観ていたが、妻が解説するのでもう一回観た。中学生の時、何かの空き時間ができると数クラスが体育館へ集められて寅さん映画を見せられるということが二、三回あったが、七五年以前のものだろうから初期だが、何を観たかは覚えていなかった。

寅さんは煙草を喫わない、というのが定説だったが、映画の前にドラマ版「男はつらいよ」があり、これは第一回と最終回だけ残っているのを観ていたら、最終回、船で奄美大島へ向かう途中、寅さんが船の上で喫煙しているのを発見した。

ところが、そんな「寅さん祭り」の最中の四月十六日、昼過ぎに、妻が部屋から私の部屋へ歩いてきながら、おかしな声をあげていて、はじめ笑っているのかと思ったら泣いていて、電話があって父親がくも膜下出血で倒れて入院し、危篤だというのだ。本来なら私も行くべきところだが、コロナ中だし、妻だけが行くことになり、翌日早々に出かけていった。二日ほどして夜中に電話が鳴り、父親が死去したとのことで、葬儀とか後始末で妻は一週間ほど実家にいるとのことだった。

私はまだ腕にニコチンパッチを貼っていた。本来は一枚で一日のを、二日間貼っていたが、薬局で買うと十四枚分で六千円くらいした。妻の不在に私はさすがにだんだん疲れて行ったが、一週間ほどして「君とコタが疲労しているだろうという政治的判断で帰る」といって帰ってきてくれた。

この十年ほど毎度のことになってきたが、コロナによる被害が蔓延すると、世間の人は政府を批判し始めた。私には特に日本政府や東京都の対応がひどいとは思えなかったが、うまくいっている国や地域を持ち出して激しい言葉で政府や都知事を罵る人が多かった。この雰囲気が私には嫌だった。給付金ももらったが、これについてもあれこれ文句を言う人がいて、自分は大学教授でたっぷり給料をもらっているのに何を言うか、と口論になった。その背後には、私が大学教授になれずにいるという悔しさもあったが、安全な地位にあぐらをかいた人々の政府批判は醜悪にしか思えなかった。他の先進国でもだいたいそんな感じで、現代の知識人社会では政府批判に同調しないために反骨心が必要になっているのだ。

妻は相変わらず非常勤で、五月からオンラインでの授業を始め、対面でやるより忙しくなっていた。だが、妻が大学へ行ってコロナに罹ったりしたら、元喫煙者の私には危険なことになると思い、それが怖かったから、私は恐る恐る図書館や医者へ行くだけだった。世間には、気にせずに外へ出る人もいて、町へ出てもまるで危機感のない人々が多かった。

五月二十五日に緊急事態宣言は解除されたが、この当時は東京都の一日の感染者数は二百人くらいが上限だったのだから驚きである。六月一日に私は「寅さん」を観終わった。最後のほうは、渥美清が高齢になったので、吉岡秀隆の満男を主人公に、その恋の相手の後藤久美子をマドンナにしていたが、寅さんのほうのマドンナは檀ふみとか別にいて、どちらを正式な「マドンナ」とするか決まっていないようだった。私はその当時、後藤久美子がそんなにいいとは思えなかったのだが、ここでは満男との距離がなかなか詰まらないところが良かった。だが妻は後藤久美子編は観ていなかった。

私も妻も葛飾柴又へ行ったことがなかったので、コロナが済んだら行こうなどと話していたが、終わらないのでまだ行けていない。

断煙から三年半たっても、私の禁断症状は収まりはしなかった。ストレスがかかれば喫煙したくなるし、脚の疲れや痰のからみは残っている。確かこのころ、ネットで依存症、つまり酒や煙草について調べていたという妻が、結構大変であるということに気づいて、

「トントンがかわいそうだ」

と思った、と言っていて、私はそれを聞いて、かわいそうか、と思ったものであった。

禁断症状がぐずぐずと残っている私には、一方でコロナが収束しないのに困っていながら、どうせこちらの体がはっきりしないなら、コロナが続いているのももっけの幸いだという変な気持ちすらあった。

結局、コロナがいつまでも終わらないように、私の幻肢痛も終わってはいない。アルコール依存症が治らないと言われているように、ニコチン依存症も治るということはないのだろう。かくのごとく、煙草をやめるというのはものすごく、と言っていいくらい大変なことだが、そうでもない人もいるらしい。しかし私の場合、遺伝的素質などから考えて、はじめから喫わないという

ことはおそらくできなかっただろう。そして私はぐずぐずした状態のまま生きていくしかないのだろうが、結局人が生きるというのはそういうことなのだろう。

三月のはじめころか、妻の交通事故に対する保険金がやっと入金した。一年九か月かかったことになる。

幕見席

中学三年の川波真佐子が通っている公立中学校は、ちょっと見には分からないが、真佐子の家からは少し高いところにあった。だから、学校まで歩いていると、途中でしんどくなったり、汗をかいたりする。だが、それがちょうどいい運動になっているらしかった。

月曜日になって登校した真佐子は、同級生たちが、まるで子供のように思えてしょうがなく、土曜日が休みで良かった、と思った。

というのは、金曜日の夜、真佐子はショッキングな体験をしたからである。NHKの特集番組で、自分と同年配の丸川円子《えんこ》という歌舞伎役者が、歌舞伎の舞台で「連獅子《れんじし》」という、二人で長い鬘をつけてそれを振り回すさまを見て、すっかりその「円子さま」に惚れ込んでしまったからである。

「円子さま」は、丸川虎之助という、昔一世を風靡した歌舞伎俳優の孫だそうである。けれど、父親は歌舞伎役者ではなくて、東大を出てエリート銀行員をしていたが、三十歳で一念発起して歌舞伎の世界へ入った。そのため、虎之助の名は、前の虎之助の弟の息子が継ぐことになり、円子の父は丸川楽章という由緒ある名を名のった。けれど、幼いころからその跡継ぎとして舞台へ上っている円子は、いずれ、五代目丸川虎之助になるだろう、と思われているというのだ。

自分と同じくらいの、その円子というちょっと変わった藝名の男の子に、真佐子は生まれて初めての恋みたいなものをしてしまったのだ。それまでにも好きになった男の子はいたけれど、そんなのは間違った思いだったと思えるほどだった。

番組は、まだ小学生の弟は自室でゲームでもして遊んでいたけれど、父と母は何となく観ていた。けれど、真佐子は、自分が興奮していることを悟られてはいけない、と途中で思い、素知らぬふりをして、番組が終ると自分の部屋へ駈け込んで、スマホで次から次へと情報を検索した。円子さまだけじゃなく、歌舞伎全般について、歌舞伎座とか松竹のサイトを見て回ったが、途中でくらくらしてきて、新しいノートを一冊下ろして、それにメモをとりながら見て行った。

翌日も、起きて朝食を摂るとすぐ自室にこもって「歌舞伎しらべ」を始めたのだが、ますます、これは友達にも家族にも秘密にして「ファン」をやっていかなければならない、という信念が固まっていった。何しろ歌舞伎という、江戸時代以来の伝統のある深みと厚みのある世界だから、自分がちゃんと把握していないうちに他人に土足で入ってこられるようなことにはなってほしくないからだった。

歌舞伎役者の名跡とか屋号とか、覚えなければならないことが山積みになった。あるいは、これはちゃんと上演を観ながら覚えていくのが筋じゃあないかとも思ったのだが、そこで真佐子は妙なことに気づいた。

YouTube に載っている歌舞伎の演目が少ないのだ。もちろん著作権があるからではあろうが、落語はないものがないというほどアップされているのに、歌舞伎は少なすぎる。それに、それなら有料レンタルとかサブスクで配信されているものが充実しているかというとそんなこともない。有料で売っているDVDもあるが、これも全体からするとだいぶ数が少ない。

ということは、これから歌舞伎を勉強しようという者は、まるで二十世紀のように、せっせと劇場へ足を運んでちまちまちまちま十年、二十年かけて学んでいかなければならないということなんだろうか。

真佐子の家には、ラムダというメスの柴犬がいた。昔日本で打ち上げに何度も失敗したラムダ・ロケットという、ギリシャ文字から名前をとったロケットがあって、それからとったのだが、真佐子はラミーと呼んでいた。

日曜日に真佐子がラミーを散歩に連れて行って、近所の公園に入ったら、ベンチに七十歳くらいのおじいさんが、きっちりしたズボンにベルトを締めて座っていた。そのおじいさんが、どうもラムダと目が合ったらしく、ラムダが「くうん」と言ったから、真佐子はおじいさんの隣に座った。

「メスの子だね」

とおじいさんが言った。

「そうです。ラムダっていいます」

「昔そういうロケットがあったなあ」

「あっ、そうなんです、そのロケットにちなんで……」

おじいさんは、真佐子のほうを見て苦笑しながら、

「でもあのロケット、いっつも打ち上げに失敗していたよ」

「ええ……。でも、何度失敗してもくじけない、という精神を表して……」

「それはいいねえ」

おじいさんは嬉しそうに笑い、ラムダの頭を撫でた。

真佐子は、いいおじいさんだと思って、思い切って、

「あの、歌舞伎とかご覧になりますか」

と訊いてみた。

「ん?」

とおじいさんは目を細めて、

「テレビでは時々観たなあ。忠臣蔵とか……」

と言って、何か思い出そうとしていたが、急に、

「そうだ、「お富さん」という歌があるよ。もう私が子供のころにはやった歌だが……」

と言い、

「粋な黒塀、見越しのまァつに……」

と歌い出した。真佐子は、

「どんな話なんですか」

と訊いてみたが、あまり要領は得なかった。帰宅してから「お富さん」で検索をかけたら、「與話情浮名横櫛」という歌舞伎の一部だと分かった。幸い、これは古い映像がYouTubeにあったから、それを観ることができた。

それは
（お妾さん）——

になった女の話だったが、歌舞伎といえば、

「藝者」

とか
「花柳界」

とか、中学生の女の子が足を踏み入れてはいけない世界であるような気もして、ぽっと顔が火照ったりしたが、本当にマズいものならNHKで放送したりしないし、歌舞伎役者が人間国宝になったりしないだろう。もっと勉強して、これはまずいと思ったら引き返せばすむことだと思った。

学校の図書館でもせっせと歌舞伎の本を借りてきて読んでいたのだが、すぐに「壁」にぶち当

たった。「忠臣蔵」といえば、「歌舞伎の独参湯《どくじんとう》」とか言われているのに、元は「人形浄瑠璃」だと書いてあるのだ。ど、どういうこと⁉ と女子中学生の頭は混乱した。調べていくと、「義経千本桜」も「菅原伝授手習鑑」も「夏祭浪花鑑」もみんな「元は人形浄瑠璃」だというのだ。えぇっ、じゃあ歌舞伎はどこに？ と思ったら、四代目鶴屋南北とか、河竹黙阿弥というのは歌舞伎の作者で、それを「狂言作者」というらしい。ええっ、それって「やるまいぞやるまいぞ」の「狂言」とは違うの？（日本の藝能では「芝居」のことを「狂言」というらしく、「やるまいぞ」は「能」についている「狂言」なので「能狂言」と言うらしい。浄瑠璃を書く人は「浄瑠璃作者」だが、歌舞伎の作者は「狂言作者」らしい）

けれど、近いうちに、円子さまが出る歌舞伎を実地に観に行かなければならないと、真佐子は覚悟していた。

真佐子の母は、経済大学の卒業だったが、中上健次なんか読んでいた。けれど、歌舞伎について真佐子が訊いてみても、はかばかしい返事は得られなかった。「忠臣蔵」の話は知っていても、「浅野内匠頭」とか「吉良上野介」で知っていて、塩谷判官とか高師直といっても首をかしげるばかりだから、真佐子はちょっと悲しくなった。

真佐子が住んでいるのは、埼玉県南部の、東武伊勢崎線沿線である。ちょっと都市部から出はずれると、ひろびろとした田んぼ地帯が広がっている。電車に乗れば一時間もすれば歌舞伎座へ行けるのに、時どき真佐子が思うのは、歌舞伎を観るなんてことは、祖父母の代から東京に住んでいるというような特権階級だけに許されることなんじゃないか、ということだ。

二〇一八年の三月に、歌舞伎座で円子さまが「三社祭」という演目に、虎之助と一緒に出ることが分かり、真佐子はこれを観に行こう、と決心したが、体がぶるぶる震えた。

「今度、歌舞伎を観に行こうと思ってるんだけど」

と母に切り出す時は、体が細かく震えて、じっとり汗をかいていた。

一人で東銀座の歌舞伎座へ行って、夕飯前には帰ってくるということまで伝えると、母は、

「へえ、マーちゃんも変な趣味を持ったのねえ」

と首をかしげて考えていたが、

「一人？　友達と一緒じゃないの？」

と念押しをしたから、真佐子はここが大事だと思って、汗をかきながら、同じ趣味の友達がいなくって、と言った。母はいくらかかるのか心配したが、真佐子は当日買う幕見席なら、千円前後だから、と懸命に話したが、話しながら目に涙が滲んだ。だって前もって買う席だったら、三階席でも三千円もするなんて、母は知らないだろうし知ったらびっくりしてしまうだろう、知らずにいてほしいと思ったからだ。

真佐子自身だって、歌舞伎を実際に観に行くと、一万円以上もすることがあると知った時はショックだった。映画と違って人間が実際に演じるんだから高いのは当然なようなものだが、おそらくうちの両親は生涯に一度くらいしかそんなものを観る贅沢はできないだろう、そしてこの世

にはそんな高いものをしょっちゅう観に行っている人がいるらしいということに衝撃を受けたからだ。

夕飯どき、テレビのお笑い番組に見入っている父に、母が、「真佐子が歌舞伎を観に行きたいんですって」と話しかけると、父は上の空で「え?・」とか言っていて、弟は、「歌舞伎ってどんなの?」とか言うし、真佐子は初潮が来た時みたいに恥ずかしくて自分の部屋へ駆け込みたかったが、父はどうも大して興味がないらしく、まあいいんじゃないかという許可が曖昧に出た。弟は相変わらず「ねえ。カブキってなあに」と訊いていた。

当日真佐子は制服を着て行こうと思ったが、母から、制服フェチの男に狙われたりしたらいけないからと言われ、地味めな服装で出かけた。

東銀座の駅で降りて、地上へ出たら、目の前が歌舞伎座だったから、はっと思った。はっと思うって歌舞伎座へ来たんだから歌舞伎座があるのは当然なのである。それまで、ストリートビューで歌舞伎座前の景色は何度も見ていたから、ああこれが歌舞伎座かあ、という感慨はなかった。むしろそのあたりに屯《たむろ》しているのが、中年および高齢の和服を着た女性ばかりであることに、萎縮する自分を感じた。

どこで切符を買うべきなのか、通常の切符売り場へ並ぼうとして、ああここじゃないんだ、幕見席だ、と狼狽してもう汗みずくである。

心理的には、あっちへぶつかりこっちにぶつかりするみたいにして、ようやっと幕見席までたどりついた。しかし、花道は見えない。その時は知らなかったが、二階席でも三階席でも花道の奥は見えないで、それでも見えないまま「成田屋ッ」と声をかけたりしているのだと知ってたまげたものだ。

その時は、二千五百円もする筋書なんかとても買えないで、簡単な配役だけ書いてあるタダのチラシを握りしめて、それがまた汗でびっしょりになった。

「三社祭」は舞踊である。歌舞伎舞踊は所作事などという。遥か遠い「天井桟敷」みたいなところから見て、何がいいのか分かるはずもなかった。「おもだかや！」などと声がかかっているのをぼうっと遠くに聞きながら、真佐子は懸命だったが、疲れきってしまった。

何とか家にたどりついたのは六時を過ぎていた。母は、「どうだった、面白かった?」と訊いたから、「うん面白かったよ」と自分の意識では「棒読み」に返事して、自室へ入ると服も着替えないままベッドに倒れ込んで、すうすう寝入ってしまい、母にゆすり起こされてはっとしたら、九時を過ぎていたから驚いた。食堂兼台所には真佐子の分の食事だけ布巾をかけて置いてあり、真佐子が食べている間、母が脇に座っていたが、

「歌舞伎、どうだったの、面白かったの」

とまた訊かれて、うん、と答えると、

「誰が出たの?」

と訊くから、松川虎之助とか、と言うと、ああ、宙乗りの人ね、と言う。

「お母さんが言ってるのは今では白虎って名のってる先代の虎之助じゃないかな」

「あら、そうなの。そういえばあれも昔のことだったみたいね」

などと表面だけ会話が弾んだ。

三年生になった真佐子は、歌舞伎調べは大概にして受験勉強に精を出し、県立の春日部高校に合格した。ここは昔、作家の北村薫さんが教員をしていたところで、真佐子としても入りたかった学校だった。同級生からも七人くらいが進学して、仲のいいマキちゃんも一緒だった。

受験も済んだので、真佐子は自分が「歌舞伎ファン」であることを家族以外にも漏らすことにした。ただし軽度の、初期のもので、実際には一度観に行っただけで、円子さまのファンであることは隠しておいて、まずマキちゃんに話した。

「へえ」

とマキちゃんは目を丸くして、いやそれは驚いたふりだったかもしれないが、

「マー子って文学少女かと思ってたら、カブキ少女だったんじゃ」

とふざけて言った。

春日部市は真佐子の住むK市の北隣で、真佐子は電車で十分ほど北へ乗って春日部駅で降りて学校まで歩く。今でも田園地帯めいた雰囲気が残っていて好きな土地だけれど、東京からは遠ざかっているというのがちょっと寂しかった。

前の年の夏がすごい猛暑で、地球温暖化の結果だからこれからどんどん暑くなると言われて震

えあがっていたのだが、その年は梅雨からしとしと雨続きで、むしろ冷夏だった。

同じクラスで、成績もいい橋本君というのが、ある時人気のない階段で出会ったら、

「お、川波、お前さあ、歌舞伎好きなんだってな」

と話しかけて来た。

あまりいい話になりそうもないな、と思ったけれど、うん、と言ったら、

「あそこは梨園とかいって、御曹司で名門の出じゃないと出世できない、主役もできない世界なんだってな」

と、案の定嫌な話をし始めた。円子さまだって結局は御曹司だ。

「海老蔵とかもそうだし……」

「でも玉三郎は養子に来た人よ」

「そうだっけ。でも海老蔵なんか、市川宗家じゃないとあれはできないとか睨みはできないとか結構本家意識であれこれ言われてるけどな」

真佐子は、橋本君けっこう歌舞伎に詳しいのかも、と思ったが、この程度ならネットでもあれこれ言われていることだ。だが橋本君はさらに続けて、

「でも歌舞伎は観るほうもそれなりに階級社会だよな」

などと言いだしたから、真佐子はどきっとした。

「三代続かないと江戸っ子じゃないみたいに、祖父母の代から東京育ちでないと歌舞伎なんか観

られないって雰囲気、なくない？　お前、感じない？」

真佐子は顔色が青くなるのを感じた。それは確かに感じている。ネット上で歌舞伎の感想を見ていても、祖父母の代から観ているとか、親が連れて行ってくれたとか、そういうことをさりげなく自慢しているブログとかツイッターに時々出くわして、ぎょっとするが、それを見ないことにして、誰でも自由に観ていいんだ、という建前を信じているふりをしてきたのだ。

「あ、おい、しっかりしろよ。いやお前、俺いじめてるわけじゃなくってさ。……いや結構身分社会みたいな……」

と橋本君が、真佐子の顔色が変わったのに気づいてうろたえだした。真佐子もそれは分かっていて、橋本君は嫌なところもある世界だといったことを注意してくれようとしたのかもしれない。

確かに、思い当たるふしはある。歌舞伎を観ることに関する文章を読んでいて、東京で生まれた、というものが妙に多くて、祖母や祖父から昔の役者の話を聞いたとか、最初に歌舞伎に連れて行ってくれたのは祖母だとかそういう話が多いこと、そしてそれらが少しずつ真佐子の心を傷つけていたことに、改めて気づいた。

別に東京生まれでなければ歌舞伎を観ちゃいけないなんて、その人たちは言っていないが、やはりいろいろと「東京生まれ」であることを売りものにしている作家とか随筆家というのは昭和の昔からいて、読むたびに真佐子はいつも軽い圧迫を感じていた。それに、歌舞伎とは関係なく、世の中で活躍している作家とかに、東京生まれが多いのも感じていた。逆に、九州とか東北とかの出身の人も、その地方の特性を生かして活躍したりしているが、埼玉県はそういう人があまりに少ないいんじゃないかと思った。北村さんはいるし、蜷川幸雄もいるけれど、何か決定的じゃない。明治期とかになると全然いない。

ウェブ上の「教えてｃｈｏ！」というサイトで、「歌舞伎は親も観ていないと観る資格がなかったりするんでしょうか」と訊いてみたが、それにはもちろん、そんなことはない、という答えがつくだけだったから、「親に教養がないので苦しむといった小説はありますか」と訊いてみた。自分でもこれは匿名だからできる質問だなと思って、お腹がぎゅうっと痛んだくらいだったが、これには五日たっても誰の回答もつかなかった。ところが六日目になって、

「中野孝次の『麦熟るる日に』がそうかもしれませんね」という回答がついた。

真佐子はどきどきしながら、学校の図書室でその本を探したら、あったから、借りて来た。

中野孝次は、知らなかったけれど一九七五年ころから今世紀はじめまで活躍した元ドイツ文学者の作家で、『清貧の思想』が売れた人だったが、『麦熟るる日に』は初期の小説集で、千葉県の大工の息子に生まれた中野が、東大へ進んで親の世界と自分の世界の違いに苦悩するさまを淡々と描いた小説で、胸にしみた。

六月の中ごろ、梅雨どきで空は曇っていたが雨は降っていなかった。家へ帰ると誰もおらず、鍵を開けて入ったら、スマホにメールが来ているのを見つけた。それは母からで、すぐ電話してくれとあったから、どきりとしながら電話すると母が出て、具合が悪いので病院へ行ったら、腎

臓が悪いと言われて入院することになったと言う。

市民病院だというから、真佐子は父と弟にメールを打っておいて、入院に必要な着替えやら身の回りのものをまとめて、自転車に乗って出かけた。

顔色を青くしながらやっと母の寝ている四人部屋にたどり着いたら、涙が出そうになった。医師の話では、腫れているおそれがあるから明日いろいろ検査をしたい、ということだった。五時過ぎになると、小学校六年になる弟の啓介も自転車でやってきた。父は、なるべく早く帰るが八時前ころになるので、病院には寄らずに家へ帰るとのことだった。

夕飯は、今日は店屋物の出前を頼むことにして、あとは真佐子がどうにかすることにした。真佐子は明日学校を休もうかと思ったが、母が大丈夫だと言うので、行くことにした。帰宅しようとする頃になって、ぽつぽつと雨が降り始めた。真佐子は傘を持ってきていたが、啓介が持っていないと言うから、病院の売店でビニール傘を一本買ってやり、帰宅したが、ひどく惨めな気分になった。

父の帰宅前に、テレビを観ながら届いたカツ丼を二人でもそもそ食べていたら、美味しいはずなのに母がいないのがつらくて、真佐子はちょっと涙ぐんだ。啓介はそれに気づいたのかどうか、怒ったような顔つきで食べていた。

父が帰って来たらしく玄関のベルが鳴ったので出ていくと、確かに父だったが、ひどく煙草臭かったのは、駅からここまで喫いどおしで来たのだろう。緊張していて、

「お母さん、大丈夫なの？　ガンとかそういうことは……」

とすぐに真佐子に訊いたから、真佐子もいくらか青くなりつつ、

「それは、明日検査をしてみるってことで、多分大丈夫……」

と答えた。台所へ来た父は、いつもは母が手伝って着替えるのだが、スーツを脱いでネクタイを外しただけで、ビールをついで、いつもは外へ出て喫っている煙草をすぱすぱ喫いながらビールを飲み始めたのは、父も不安なのだろう。

自分の部屋へ行って勉強を始めようとしたが、あまり手につかず、父がかつ丼を食べ終えたらしいので、台所へ行って、啓介も呼んで、母の入院が長引いたりした場合の段取りを話し合い、基本的には真佐子が夕飯の支度などはするけれど、父も啓介も適宜自分で何とかしてほしいということを取り決めた。

父が風呂へ入って布団に入ったあと、真佐子は台所の跡片付けをしながら、不安とともに、自分が母の不在の間ちゃんとやっていけるかも試されるんだろう、と考えていた。

しかし、自室へ戻って机に向かったら、やっぱり疲れていたのか、すぐに眠くなり、朦朧とした頭のまま、パジャマにも着替えないでベッドに倒れ込んでしまったらしく、翌朝、父に起こされて初めて目が覚めた。

さらに悪いことに、冷蔵庫の冷凍庫を閉め忘れていたために、中のものがみなダメになってしまっていて、父からそのことを告げられた真佐子は、そのまま百年くらいどこかへ隠れていたい

と思うくらい悲しかった。

かなり悲惨な気分で自転車に乗って駅へ行き、電車で学校まで行ったが、学校へ行って友達に愚痴を言って気晴らしをしよう、と考えていた。

登校してマキちゃんとかスヌちゃんとかに母の入院のことから話していたら涙がポロポロこぼれてきた。

昼休みになって母からメールが来ていて、検査は済んだとのことだった。授業が終わると真佐子はすぐ帰宅して病院へ駆けつけたが、検査結果はまだだった。それからスーパーへ行って今夜のおかずを準備し、家へ帰ってご飯を炊き、弟が帰宅したから母の様子を話して、父の帰りを待って夕飯を食べた。

結局、母の病気は特に大したことはなく、五日で退院してきたが、真佐子は、自分の生活がいかに母に依存しているものか改めて気づくことになった。

八月に、新橋演舞場で、虎之助と円子による連獅子があるので、真佐子は今度は三階席Bの三千円の席を奮発することにした。去年と同じくらい暑かったら大変だが、これは夜の部だし、何とかなるだろうと思った。

前年とは違って暑さも大したことがなかったが、東銀座駅から新橋演舞場まで歩くとそれなりに汗をかいた。新橋演舞場というのは名前から踊りをやるところかと思っていたら、確かに新橋の藝妓が舞踊をやるところだったが、その後は新派の劇場のようになり、今は歌舞伎座に継ぐ松竹歌舞伎の上演劇場になっているようだった。

歌舞伎座や新橋演舞場でやる歌舞伎はだいたい昼夜二部制なのだが、八月は三部制になっていて、演目も少なくなるが、値段も少し安くなる。二千八百円で三等Bが買えるので、真佐子は飛びついたというところか。「連獅子」は、観ていると、あんなに頭を振ったら目まいがして倒れてしまうんじゃないかしらとハラハラしてしまうのだが、叔父さんみたいな（正確にはお父さんの従弟）虎之助と並んでの円子の子獅子には思わず喝采を送ってしまった。

だがその日度肝を抜かれたのは、そのあと、中村勘九郎と弟の七之助が演じた「鰯売恋曳網《いわしうりこいのひきあみ》」で、歌舞伎らしいのに分かり易くて面白く、見たら三島由紀夫が戦後になって書いた新作狂言だというから、真佐子はびっくりして、三島という人の書いたものをもっと読まなければ、と心に誓い、さっそく市立図書館へ行って三島の著作をいくつか借りて来た。

しかし、三島という人は、薄々知っていたが、五十年前に自衛隊基地に乱入して切腹した「右翼」らしく、同性愛者でもあったということで、なじめない読物も多かった。あんな気持ちのい い歌舞伎を書く人が、なんで「憂国」みたいな気持ち悪いものを書いたりするのだろうと真佐子は怪訝に思ったが、歌舞伎については、少年のころの『観劇日記』などが参考になった。

ところが、年が明けた二月ごろから「新型コロナ」というものが上陸したらしく、マスクを着けて外出したりしているうちに、二年生になるころには学校も休みになり、学校が再開しても、隣の級友や先生との間をアクリルの板で隔離された生活になって、それが三年生になるまで続いた。歌舞伎も一時は全部停止になって、再開はしたが歌舞伎役者で感染する人も出たりして、真佐子はとても歌舞伎を観に行ける状態ではないまま、高校を卒業して、東京都立大学へ進学することになった。

都立大にしたのは、実家から通えて私立でない大学から選んだからで、はじめは英文科に行こうかと思ったが、素直に国文科に進んで、高校教員か出版社の仕事を目ざすことにした。都立大には歌舞伎が専門の人はいなかったが、近世文学の女の先生の水城先生という人がいた。この先生に、江戸時代にはたくさんの本があって、とても一人では読み切れないということを教わった。

前の年、まだコロナがひどかった時に、虎之助が「鏡山再岩藤《かがみやまごにちのいわふじ》」という歌舞伎をやることになっていたが、虎之助がコロナ陽性になってしまい、代役の人が勤めた。歌舞伎では、役を演じることを「勤める」という。「務める」ではない。

真佐子は、歌舞伎に関する本を買ってきたり、図書館で借りたりしてノートを作って一所懸命に勉強した。内心では、もしか将来、歌舞伎役者の奥さんになってもいいように、などと考えたりはしたが、見ていると歌舞伎役者の奥さんは、たいてい藝能人か、それくらいの美人が多く、こりゃダメだな、と自分で苦笑してしまうのだった。

時どき、水城先生のところへ行って、いろいろ話した。歌舞伎が専門ではないにしても、もちろん水城先生はいろいろ知っていて、真佐子は、自分も将来こういう先生になろうかなあ、などと思うほどに憧れを抱くこともあった。でも、うちには大学院へ進学するほどの経済的余裕はないから、いったん就職して、どうしても研究が続けたいなら大学院へ入り直せばいい、と水城先生にも言われた。

コロナも済んだかという五月の一日、真佐子は歌舞伎に行くことになっていたが、朝からどうも腹具合が悪かった。その日は円子が出る演目ではなかったのだが、芝居の最中に座席を抜け出すのは控えたい。幸いと、通路から二つ目の席だったので、ころあいを見計らって抜けだしてトイレへ行った。

その日は「鎌倉三代記」を中心にした見取りの演目だったが、先代の虎之助が面白くないと言ったとおり「鎌倉三代記」は面白くなく、いらいらしてまた腹具合がおかしくなった。もうすぐ幕が閉まりそうになると、真佐子は駆け出してまたトイレへ行った。劇場では女性トイレは休憩時間になると長蛇の列ができてしまうのは、女のトイレは数が少なく、時間もかかるからだ。

(どうもお腹をこわしたらしい)

額の汗をぬぐいながら廊下を歩いていると、水城先生がソファに掛けているのに出くわした。

水城先生は「アラ」とびっくりしたせいか、席を譲ろうとしたが、相手が学生だから不要だと気づいて、座り直した。

真佐子は、まだお腹がちくちく痛く、挨拶はしたが今観た芝居が面白くなかったことを正直に言った。

「そうね……。あれは、面白くないかもね……」

歌舞伎の演目では、面白くないけれど習慣でいつの間にか定期的に上演される演目があるのだという。

「先生、わたし……」

「ん？」

「市川海老蔵って、いるでしょ。今度、團十郎になるっていう」

「ええ」

「息子さんがいるじゃないですか」

「ええ」

「その息子さんは、新之助になるんでしょ」

「……ええ」

「それで将来は海老蔵になって、團十郎になるわけですよね」

「……まだ、それは分からないんじゃないの？」

「……ホントですか」

「……どうかねえ……」

「なんか私、そういうことが子供の時から決まってるのって、やだなって」

「ああ、ええ」

周囲の人の耳を気にして、水城先生はちょっと肩をかがめた。

「そういうのって、いいんでしょうか……あたしみたいな、親の代からの歌舞伎観る人じゃないのが、観てもいいんでしょうか」

水城先生は、眉をひそめて、考え込んだ。

その時、先生の隣にいた中年女性が立ったから、真佐子はそこへザザっと座った。

「どうなんですか、先生」

「ええ……と。そう、そのうち、歌舞伎もそんなんじゃなくなるわよ、きっと」

「そうなんですか。海老蔵の子供だから海老蔵になるとかそういう歌舞伎じゃなくなりますか」

「なるっ、なるわよ、なるように、あなたたちがしないといけないのよ」

その時、また激しい便意が襲ってきて、「すみませんっ」と叫んで真佐子はトイレへ再び駆け込んだ。

村上春樹になりたい

ふと、自分は海水浴をしたことがあっただろうか、ということを思いついた。記憶の中にあったのは、小学校六年の夏に家族で琵琶湖へ行った時の「湖水浴」の思い出でしかなかった。

埼玉県で育った私は、海のない県で育ったことになる。子供のころ、千葉県に谷津遊園という海岸沿いの遊園地があり、そこで潮干狩りをしたことはある。靴下のままで潮干に入って行って気持ち悪かった。そこは二度くらい行って、二度ともジャイアントロボのソフビ人形を買ってもらったような気がする。だが、潮干狩りは海水浴ではない。

中学生の時、茨城県の大洗海岸へイベントで行って一泊したことがあるが、あの時も海水浴はしていない。大学時代も、行ったのは山中湖や猪苗代湖など湖ばかりだ。カナダへ留学したこともあり、そこでヌーディスト・ビーチを観に行ったことはあるが、おじさんの裸ばかりなので気持ち悪くなって帰ってきて、もちろん海水浴はしていない。もしかすると、自分は海水浴をしたことがないのかもしれない、と少し悲しい思いになりかけた時、小学校の時だったか、紙の売買をやっていた母方の伯父さんの誘いで千葉県のどこかに海水浴に行ったのを思い出した。その時

「海の家」に、吾妻ひでおの漫画「エイト・ビート」の単行本だか、雑誌に載ったのだかがあってそれを読んだのを覚えているが、「エイト・ビート」が単行本になったのは私が中学三年生の時だから、初出の『少年チャンピオン』だろう。『エイト・ビート』の連載は一九七一年の七月から翌年の一月までだから、これは七一年、つまり私が埼玉県へ越した年、小学校三年生の夏だったろう、ということになる。翌年の夏、前の年の『少年チャンピオン』が転がっていた可能性も皆無ではないが、それはないだろう。

私は、売れない作家である。世間の人は、売れない作家というのを、どういう風にとらえているのだろうか。とうとう小説が売れなくなってコンビニで働き始めたり、壊れたパソコンをばんばん叩いて執筆し、妻は「年収百五十万円」などという本を書いているような人を想像するのだろうか。教えてあげよう、売れない作家には「しめきりがない」のである。

ツイッターをやっていると、文筆業とか学者とかが目に入ることが多く、彼らはしばしば、締め切りに追われているとか、ああ明日が締め切りだとか、果ては、私は締め切りの多重債務者だとか言い出す。私は内心で「ほ、商売繁盛でようおまんな」と変な大阪弁で一人ごちるのである。

締め切りがあるということは、執筆依頼があるということだ。私にはほとんどないから、書いたものは「持ち込み」をするのである。確かに、学者が「締め切り」があって「論文」を書いている場合、それは「無償」であることも少なくない。それでも、依頼されたことに変わりはないのである。情痴私小説で知られる近松秋江は、大正末に結婚してからは、情痴小説は書かないことにして、かねてより書きたかった歴史小説を書き始めた。中には『水野越前守』などの立派な長編もあるのだが、原稿料のためか、短篇を書いては『講談倶楽部』に投稿していたが、掲載してもらえず、講談社の玄関に秋江の原稿を置いておく場所があって、そこに積み重ねられていたという。

先ごろ急逝した西村賢太は、死ぬちょっと前に「週刊読書人」に掲載された新庄耕との対談で、自分は原稿持ち込みをしたことなんかない、すべて依頼原稿だと豪語している作家を痛罵している。誰だか知らないが、通俗作家でそんな自慢をする人はいないだろうから純文学作家とされる人なのだろう。川端康成と横光利一らは、大正十四年末に同人誌『文藝時代』を創刊しているが、その少しあとの大正十五年に、横光から湯ヶ島に籠ってしまった川端宛に、藤澤清造は依頼してもいないのに原稿を送ってきた、という手紙がある。賢太が師匠と仰ぐ藤澤清造はこの頃から原稿依頼もない作家だったのであろうか。だいたい、文藝雑誌に載っている、芥川賞をとっていない、またとっていないが人気のある作家でもない作家というのは、持ち込みをしているのである。それらは掲載はしてもらえるが、単行本にはならないことが多い。これに怒っていた人がいるが、出版社側としては、原稿料だけでも生活のタシになると思って載せており、だが単行本にしても売れないこと必至だから、それは出せないので、仮に、単行本にしないくらいなら雑誌に載せるな、と言うならそれは筋違いである。

鬼原真澄という、ホラー・幻想小説みたいのを書いている作家がいて、私よりちょっと年下だが割と売れているほうで、ただしその狷介《けんかい》な性格が災いしてか文学賞とは縁がなかった。この鬼原と、ツイッター上でトラブルになり、電話で話しましょうと言ってきたことがあった。電話での会話は穏便に済んだのだが、小説を出版してくれるところがないと私がこぼすと、鬼原は、エージェントを使えばいいですよ、と朗らかに言ったのであった。鬼原は以前、ある自伝的な小説の出すあてがなかった時、エージェントに頼んだら「バジリコ」という聞いたこともない出版社を紹介してくれて、出してみたら意想外に売れた、という話をした。

しかし私は「バジリコ」なら知っていたし、そういうのは数万部売れる通俗小説の話ではないのか、と私は思った。純文学は、数千部単位でやっているのである。文藝雑誌は、昔から、一般には通俗作家とされる人にも執筆依頼をすることがあり、鬼原もされていて、純文学と通俗小説の違いが分からなくなっていたのかもしれない。

とはいえ、「純文学とは売れないものだ」と言ったとして、じゃあ夏目漱石や村上春樹や村上龍はどうなのだ、と反論されると、それは困る。江藤淳のように、あんなのはサブカルチャーだ、と言ってしまえればいいのだが、漱石が売れたのは事実で、今も売れ続けているから恐ろしい。

私は、村上春樹が嫌いだった。ご多分に漏れず、『ノルウェイの森』がベストセラーになったあたりから、嫌いになった。あれは私が二十五歳のころで、私は童貞で、恋愛経験すらなかった。もっともそのあと、カナダへ留学して『世界の終りとハードボイルドワンダーランド』を読んでいたら、途中でぼろぼろと涙をこぼした。けれど帰国して数年たつうちに、やっぱりこの人は嫌だ、と思うようになった。

けれど、村上春樹は売れる。あまりにも売れる。各国語に翻訳されて、それもまた飛ぶように売れる。それも、出自は確かに純文学であって、クライブ・カッスラーでもないし、イアン・フレミングでもない。アメリカで純文学でこんなに売れたのはアースキン・コールドウェルくらいだろう。

その村上春樹の短編「ドライブ・マイ・カー」をふくらませた同題の映画がやたら評判がいい。私は怪獣映画以外は映画館へ行かないことにして三十年くらいたつし、コロナ蔓延中だし、村上春樹が嫌いだしするから映画館へは行かないが、DVDが借りられたので観た。三時間は長くて、そんなに面白くなかった。演出家がモラハラをしているという感じは伝わってきたが、中で「俺はドストエフスキーにもショーペンハウアーにもなれたんだ」というセリフが引っかかった。これは映画の中で演じられるチェーホフの『ワーニャ伯父さん』の中のセリフだ。私は『ワーニャ伯父さん』はイプセンの『ヘッダ・ガブラー』と同じように理解不能で、なんでこの人は他人に期待するんだろうと思ってしまう。

私は、ショーペンハウアーになるのが幸福な人生だとは思えないが、もしこのセリフが「ドストエフスキーや村上春樹」だったら面白かっただろうな、と思った。そうだ、今の日本の作家で、潜在的に、村上春樹のようになりたいと思っていない人がいるだろうか。

もちろん、ノーベル文学賞はとれていない。ノーベル賞委員会は、カズオ・イシグロに授与してまでも村上春樹には与えたくないらしい。春樹が通俗的だというのはとりあえずは理解するが、あろうことか、パトリック・モディアノなんぞに授与している。私は大学生の時、クリスティの『アクロイド殺人事件』を読んで激しく腹を立て、越谷市立図書館という、私が大学へ入った年にできた図書館へ行って、何か新しい海外文学はないかと思い、モディアノの『暗いブティック通り』を借りてきて読んだが、退屈で何も覚えていない。訳者は平岡篤頼で、考えてみたらモディアノがノーベル賞をとった時は平岡はもう死んでいた。

村上春樹になれば、億のカネが入るし、一戸建ての家も買えるし、本の置き場もできるし、柴犬を飼うことだってできる。もちろん、問題はどうやって村上春樹になるか、である。

もちろん、村上春樹くらい売れる作家に、今からなることは不可能である。だが、私がまず考えたのは、作品を英訳することである。そこで、日本文学を外国語訳している人に、それとなく、自分の作品も翻訳してほしいアピールをしてきた。

以前、島田雅彦やムルハーン千栄子さんが、日本文学の英訳について作品を推薦していたが、今ではなくなってしまった。その際、川口松太郎の『しぐれ茶屋おりく』がオーストラリアにいたロイヤル・タイラーによって英訳されたが、あれは当該作品が第一回吉川英治文学賞をとったせいだろう。かくのごとく、日本文学の海外への翻訳は受賞に左右されることが多い。しかし残念ながら私の小説で文学賞をとったものはないから、不利である。

学問の世界では、自著を外国語に翻訳する際に支援金が出る制度がある。だがそれは、翻訳者と出版社が決まっていて、審査に通った場合だから、かなり特殊な世界の話になる。もし出版社が決まっていて、支援金が出るのが条件だと、通らないと出ないことになるのか、金が出なくても出してくれる出版社があるのか、そういうことは皆目分からないと言っても過言ではない。ましてや、小説の翻訳を支援してくれるところなどないし、それはつまり「売れない」ということで、売れない小説をいくら翻訳しても、村上春樹にはなれない。だが、たとえ五十人でも、自分の小説を英語で読んでくれる英語人がいたら、嬉しいと思い、少し村上春樹っぽくなったと思うだろう、と私は思う。

村上春樹の、自力で売れるようになったさまには、感服つかまつった、と言うほかない。純文学作品には、何々賞をとったから売れるとか、作者が別の世界で有名だから売れるということがあるが、村上春樹はほぼ自力なのである。

作家には、藝術家としての面と職業人としての面がある。藝術家としては、売れなくても評価されるが、職業人としては、売れなければしょうがない。もちろん理想としては、一方で売れる通俗的な小説を書き、一方で売れない藝術的な作品を書けばいいわけだが、そう簡単にはいかない。戦後の日本でそういうことをうまくやったのは、井上靖だろう。井上の作品も海外でよく翻訳された。遠藤周作もそれに近いが、私にはキリスト教やオカルトに近づきすぎ、通俗作品が多すぎると思われる。

藝術だから売れない、というのは、文学的事実の前に崩れ去ることがある。シェイクスピアやセルバンテスは人気作家だったし、ドストエフスキーだってそうだ。ポオが生前不遇でも、没後は人気がある。

インターネットの時代になって、多くの人が作品評を載せるようになった。私は当初、純文学や私小説のことも知らない素人が、通俗小説と混同してあれこれ言ってやがる、と思っていた。だが二十年たって、ああこれもあながち間違いではないんだな、と思うようになった。年月の積み重ねである。むろん、玄人が評価してやらなければならない作品もある。

自費翻訳、という、聞いたこともない名称が思い浮かんだ。カネを出して英訳してもらうのだ。企業などがやることはあるが、それは自費翻訳とは言わない。自費出版というのがあるし、今は自分の小説を電子書籍で自分で出すこともできる。それなら、自費で英訳してもらえば、世界に届く。それはもちろん村上春樹になることではないが、村上春樹の足元にくらいは届くかもしれない。だが、ウェブサイトで見た英語翻訳のリストにあったのは、「特許明細書」「コンピューターマニュアル」「一般科学・工業技術」「金融」「医学・医療・薬学」などが並んでいて、「小説」はもとより、「文藝」もなかった。もっとも私たちは、こういう事態には慣れている。確定申告などでは「自営業」を選ぶし、新型コロナの際の給付金の申請の時も、職業欄をざっと見て、どれに当てはまるのか分からなかったので、電話して訊いたら「サービス業」になるとのことだったから、それを選んだ。

税金といえば、十五年くらい前だろうか、税務署から、文筆家用の収入申告用紙が送られてきたことがあり、それには、月刊誌に一年連載して、それを単行本にするという前提でフォーマットが作られていたから、いったいそんなことができる作家が日本中で百人単位でしかいないことが分かっているのだろうか、と苦笑したこともある。

それから数日して、月曜日になり、私はそのような英文翻訳をしている会社に電話して、小説は英訳してくれるのか、と訊いた。

「小説……それはどのような内容でしょうか。ミステリーとか……」

「いえ、私小説です」

「はっ?!」

どうやら、窓口の人は「私小説」を知らなかったらしく、それはかなり私の意気を阻喪させたが、事実を書いたもので、手記のようなものだということで理解を得られ、内部で検討する、ということになった。ほどなく電話がかかってきて、

「一文字二十五円」

で引き受けられるという回答だった。

それなら、四百字詰め原稿用紙一枚で一万円になるから、二五〇枚なら二五〇万円となるわけだ。

次に私は、英訳が出来上がった後の出版について考えた。もし英語で出版するなら、電子書籍

で出せば基本的には無料でできる。だが、その分だけ買う人は少ない。ゼロに限りなく近いだろう。それに村上春樹は日本語でも電子書籍は出していない。ここは紙の本で、米国の書店に並べることによって「村上春樹になる」ことを目ざすべきだろう。それにはまたカネがかかる。

私が出版しようとしている小説は、自分で「Too Late Adlescence」という題をつけることに決めていた。この当時はワープロで書いていたので、ワープロのテキストを変換するのに半日くらいかかり、ワード文書にして、英訳の会社へメール添付で送る一方、紙の本をアメリカなどで出してくれる自費出版会社を探しにかかったが、基本的に自費出版がデジタル化しているため、見つけるのがかえって難しくなっていた。

自費出版の業界の裏面は、百田尚樹の『夢を売る男』にも書いてあるが、半生の思い出を書いた老人から、甘い言葉でそれまでの蓄えを奪い取るあまり上品とはいえない世界である。ウェブサイト上で見ても、それはおおむね、

一、できればこちらが全額もって出版しましょう
二、難しい場合は双方費用は折半で出版しましょう
三、それが無理なら申し訳ありませんがあなたの全額もちで出版しましょう

という三段階の誘い文句が書いてあり、うかつに見ると「一」の可能性がものすごくあるように見える。私の知人でも、元は文藝誌に小説を載せていた人で、だんだんそれが載せてもらえなくなり、千五百部刊行のうち五百部を自分で買い取るという条件で出してもらったりしているが、

五百部買い取りというのは、一五〇〇〇円の定価としても七五万円だから、自費出版より少しいくらいな上、そもそも自宅に五百冊も置いておけないからほとんど寄贈することになるが、仮に四〇〇〇軒寄贈するとしても、寄贈先をひねり出すだけでも大変な上、その郵送料を払ったら、むしろ自費出版のほうがいいくらいになる。

最近、電子書籍で出していたキンドルの本を、紙で出せるというニュースが、喜ばしいことのように流れたが、それは要するに千五百部くらいの在庫を自宅で抱えるという途方もないことになるわけで、出版社が売れなくなった本を断裁するのは、在庫を抱えていると税金を取られるからというのもある上、在庫を置いておく場所自体がないからということもあるのだ。

日本でもそうだが、だから、自費出版をするにはどうしたらいいかというところまでたどりつくには、「ちゃんとした本として売れてベストセラーになるかもしれませんよ」といった嘘が、英語だからひときわやかましいレトリックで飾り立てられている中をくぐり抜けて、「オラ！どうせベストセラーになんかなるわけないんだ、自費出版上等って覚悟で俺は来てるんだから、ボディーを見せろ、親分を出せ！」という気分で行かなければならない。時々、この私ですら、もしかしたらベストセラーに、という気持ちにくらっと来るから恐ろしい。

世間には、二十六の会社で出版を断られ、やっと出してもらったらそれがベストセラーになった、などというおとぎ話がある。この「二十六」は、実際には「四」くらいかもしれないが、いずれにせよ、出版社というのは、売れるか売れないかを見誤るなんてことは滅多になく、そういう「売れないと思われた本が売れた」などという話は現実にはほとんど転がってはいないのである。以前、『残念ですが……』というタイトルの本を見たことがある。それは、有名な作家が出版社から刊行を断られた時の手紙を集めた本で、要するに、あなたもあきらめないで、という本なのだが、実際に見てみたら、その中で、ほう、これが断られたのか、と私でも思うような例はその数十件を扱った本の中でたった一冊だけだった。あとは、いくら有名な作家でも、これは断られるだろうというようなものがズラリと並んでいた。忘れられないのは、サミュエル・ベケットの『並には勝る女たちの夢』という初期の長編小説で、のちに日本でも翻訳されたが、何とも退屈なもので、いくらベケットでもこれじゃあ断られるだろうよ、と思わざるを得なかった。まあ、現代日本の中堅以上の作家でも、これは新人賞に応募したら落とされるんじゃないか、というようなものを文藝誌に発表することもある。小島信夫の『別れる理由』なんて、藝術院賞受賞作だって、もし無名の新人が出版社へ持ち込んだら、百パーセント間違いなく断られるだろうし、吉村昭の『生麦事件』だって、やはり無名の作家が書いて出版社へ持ち込んだら、もろ手をあげて歓迎はされないだろう。

「ハリー・ポッター」が、海外でベストセラーになりつつ、日本で静山社という小さな出版社から出たのを、おとぎ話のように思っている人もいるようだが、作者のJ・K・ローリングには日本から河出書房とか大手二社からオファーがあったが、静山社の松岡佑子が熱心に自宅まで通ったためローリングが好意を抱いて翻訳権をあげたというのが事実であって、海外でベストセラーになっているものに大手出版社が手を出さないなどということはありえないのだ。最近はやりの「新訳」にしたって、大手出版社から売れるのが確実な新訳を出すこと自体「利権」になっているから、おいそれと実績のない翻訳家が手を出せるわけのものではないのである。

ようやく自費出版をして、流通ルートに乗せてくれそうな出版社を見つけて、交渉をした。といってもどうせカネは私が出すのだから交渉と言うほどのことはないのだが、学術論文の刊行ならともかく、小説を、自分で英訳して自費で出すといった酔狂なことをする人はあまりいないようで、向こうもあまり出くわさない相手に出会って面食らっているようなところがあった。

日本人はなんでこんなに英語ができないのか、ということは、ほとんど常に話題になり続けているが、それは単に日本がインドや香港のように英国の植民地ではなかったからである。柳家小三治は、英語圏の映画を字幕なしで観たいという動機から英会話の勉強を始めたと言っていたが、それができるようになるには、落語なんかやめるか、英語落語ができるようになって、十年から十五年英語圏で暮らして、英語を母語とする女性と結婚でもしないと無理である。ニュースの英語を聴くならさほどでもないが、映画の英語などというのはもうスラングに方言に汚い言葉がぐちゃぐちゃで、絶対に普通の日本人には聴き取れないのである。

逆に、文書でのやりとりとなると、とんでもない婉曲表現が使われることがある。「日本人はものをはっきり言わない、西洋人ははっきり言う」などと言っているインチキ日本文化論者に見せてやりたいくらいだ。

むろん、実際の大江健三郎や村上春樹や、英訳される作家というのは、英訳したいと向こうから言ってくるもので、私はこういう交渉をしながら、無力感と戦ってはいた。だが、英訳文が送られてきて、それを読んでいるうちに、自作を英訳で読むことに、私は深い感動を覚えてはらはらと涙を流してしまった。その時妻がコーヒーを持って入ってきたから、私はわきを向いて涙を隠すほかなかった。

かつて、私の小説がちょっとした加減で映画化されたことがあったが、その時もこんな感動は受けなかった。川端や志賀直哉の小説を英語で読んだ時も、こんな不思議な感じは受けなかった。私は、英訳の単行本ができたら、自分が信頼している親しい人たちに寄贈しようと思った。もっとも私にはそういう友人は多くなく、もっと言えば男の友人というのはないに等しい。十年くらい前は、社交辞令で「今度飲みましょう」などとフェイスブックから言ってくるのがいたが、彼は私が酒を飲まないことを知らないのだ。私も若いころは、自分が飲めない体質なんだろうとうすうす思いつつ、浮世の義理で飲んでいたが、三十代半ばからはやめてしまった。もっともこれには、単に飲めない、飲んでも楽しくなれない体質だということのほかに、あまり続けて飲むと痔になる体質だったからということもある。二十代の終りころ、カナダ留学から帰ってきて、カナダ時代に知り合った京都の私立大の学生たちを訪ねて二週間くらい旅に出ていたが、毎日飲んでいたら痔が出て、苦しくなって一人でホテルに泊まって治したこともあった。

だから実際に私が寄贈するのは、女性だけになるだろうし、それはもしかすると、表面だけ私を重んじてくれている人でしかないかもしれない。私には、肩を組んで放歌高吟するような友人というのはいないのだ。思えば私の両親も、友達はいないに近く、家を訪れてくるのは母の姉妹くらいで、それ以外の友達が訪ねてくるなどということはまったくといっていいほど、なかった。それが遺伝したのか、私もそういう、友達づきあいはない人間に育ってしまった。

作家に対して、世間は幻想を抱いていて、四十年くらい前は、本を出すと「印税ガッポガッポ」となるなどと思っている若者がいたりしたものだが、それはさすがに今はない。新聞に広告が出ると、それですごく儲かっているように思う人がいるものだが、それも違う。作家はサイン会をやるものだと思っている人もいるが、それは一握りの人気作家だけである。作家は雑誌などでほかの作家や大学教授、時には藝能人と対談をして対談集を出すものだと思っている人もいるが、それも一握りの人気作家だけである。むしろ、対談集が何冊あるかを数えると、その作家がどの程度人気があるかを測るバロメーターになるんじゃないだろうか。

そのころ、コロナ騒動で、外出とか会食は控えるように、と言われていたり、「コロナはただの風邪」だなどとうそぶいて平然と外出したりマスクなしで出歩いたりするのがいて、そういう人がコロナにかかると「ざまあー」などとウェブで言われるのだったが、私は慎重に、ことの始め、つまり二〇二〇年の二月以来、一度も電車に乗らず、妻が出かける時も電動機つき自転車で行くよう仕向けていた。それより遠くへの外出は、徳島での対談の仕事があったのだが、ついに断った。

しかし、ツイッターなどで見ていると、そんな時でも外出して人に会ったりしている人がいて、「ちっ」と私などは思うのだが、その「ちっ」は、コロナなのに外出しやがって、という気持ちだけではなかった。つまり妬ましいのだ。人と会っていることが妬ましい、人と会うような仕事があることが妬ましいのだ。

私は元は学者だったが、その当時、学会に出席すると、メインは人の発表を聴くことだが、その間の時間というのがある。そんな時、ふいっとやることがなくなる時があった。あたりを見回すと、知った顔知らない顔いろいろある中で、知った人が別の誰かと立ち話をしたりしている。それが妬ましい、というより、ああ、自分は立ち話をする相手がいない、ないし、立ち話で相談すべき仕事もない、という焦りにとらえられる。

あとになって考えてみれば、私も学会の休憩時間に人と立ち話をすることもあったのだが、相手がいなかった時の苦い気分だけが強く記憶に残っている。学会はだいたい二日にわたり、一日目の夜は懇親会になる。つまりパーティだが、ここでも若いころは、ふと気がつくと孤立していることが多かった。学会ではないが、ある賞の授賞式へ出かけたら、いつの間にか誰も話し相手がなく、一人とぼとぼと帰途についたことがあった。

これも若いころのことだが、一瞬だけ別人と間違われたことがある。人ごみの中で、知らない女の人が、私の顔を見て、ぱっと顔を輝かせたのだ。すぐに相手は勘違いに気づいて、脇を向いてしまったが、私がショックを受けたのは、自分が他人からこんな明るい笑顔を向けられたことがなかったからである。ああ、人に好かれる人間というのは、自分を見つけた人がこんな明るい表情になるものなのか、と愕然とした。

村上春樹は、もう十年くらい前かもしれないが、年をとると、昔美しかった女友だちが年をとって老いていくのを見るのがつらい、と書いていた。私も最近、それは感じる。五十歳までは、女性の美はそれなりに維持されるのだが、五十を超えるとおおむねそうは行かなくなる。村上春樹と自分が同じことを考えているというのは不思議な気分だ。

村上春樹の作品のうち、難解でよく分からなかったのが『ねじまき鳥クロニクル』だが、ほかにも短編だと分からないものがある。「納屋を焼く」は映画にもなったが、英語で納屋をバーンと言うから、バーンをバーンするというダジャレでしかないんじゃないかと思った。「ドライブ・マイ・カー」は、自動車の機能についての話らしいが、私は自動車が嫌いなのでこれは分からない。「TVピープル」なども分からなかった。

二か月ほどして、本が刷り上がったというメールが来た。表紙デザインは、紫を基調にしたもので、引き締まった感じがした。すぐに四冊を日本へ送ってもらうよう手配した。それまでには、五百万円くらいの金を使っていたはずだ。

明日あたりは英訳の現物が届くかな、と思っていたある日、作家の西村賢太がタクシーの中で急死するという事件が起きた。もともと、かなり太っていた上に、喫煙、飲酒が激しく、食べ物もかなり乱暴な食べ方をしていたから、あれじゃ健康に悪いぞ、と思っていたところだった。

ところが、そのニュースが流れると、世間にわりあい衝撃を与えたらしく、買って読んでみようという人が多く、私は、そうか、そういう手もあるか、と気づいたのである。しかし、誰でも急死すればいいというものではないし、一番の問題は、急死して本が売れたとしても、それを自分が見ることはできないということだ。西村賢太は、芥川賞を受賞した時のインタビューで「(落選したみたいだから)風俗行こうと思ってました」という笑顔での受け答えで人気があったし、以後も多く対談をするある種の人気作家だった。私ときたら、芥川賞受賞のインタビューで「私は博士号までとったのに大学教授になれなかったので、せめて芥川賞くらいはとりたいと思ったので、ほっとしました」と発言して、こいつは大学教授のほうが芥川賞作家より偉いと思っているのか、と「東京新聞」の「大波小波」でイヤミを書かれたくらいである。

(未完)

初出

蛍日和　文學界　二〇二〇年十月号
幻肢痛　文學界　二〇二三年二月号
幕見席　jun-jun1965 の日記
村上春樹になりたい　jun-jun1965 の日記

あとがき

ここ数年の間に書いた小説をまとめて刊行することにした。「蛍日和」と「幻肢痛」は、小説というにはあまりに事実そのままで、せいぜい脇の登場人物の名前とか地名が変えてあるくらいだが、まあそれでも小説でいいと、私は思っている。長大な作りもの小説を書こうといった気持ちは、もともとない。学問の世界でも、やたらと分厚い学術書を書くのが立派なことのように考えている人が昔から多くて、今でもそのケはあるが、私は「山高きがゆえに尊からず」で、分厚ければいいとは思わない。芥川賞の候補作なども、最近は二〇〇枚近いものが多いが、これはすぐ単行本にして売り出すためという商業的な理由にすぎず、短編小説という条件からいえば、これは長すぎだし、水増ししている作品も少なくないと感じる。八〇枚から一〇〇枚くらいが妥当なところだろう。

文学作品について、売れているから偉い、などと堂々と主張する人はまずいないが、実際にはそう言いたそうな人というのはいるし、古典的な作品となると、優れているから読み継がれているといった言い方をする人がいて、それは要するに売れているからということではないか？　という疑念も抱くことがある。まあ古典的作品の場合は、細く長くということもあるからいいのか。「世界文学」などという言葉がはやっているようで、海外で翻訳されて人気があるのがいい文学だ、などと思われては困るな、と私などは思う。もっとも私は川端康成や大江健三郎は好きな作家だが、近松秋江や西村賢太もまた好きな作家である。私は小説の未来がそれほど明るいとは思っていないが、単に書きたいから書いているだけである。

なお二作品については『文學界』に掲載していただいた丹羽健介編集長にお礼申し上げる。単行本収録に際し加筆・修正を施した。

著　者

小谷野敦（こやの あつし）
一九六二年、茨城県生まれ。作家、比較文学者。東京大学文学部英文科卒業、同大学院比較文学比較文化専攻博士課程修了、学術博士。著書に『聖母のいない国』（サントリー学芸賞受賞）『〈男の恋〉の文学史』『もてない男』『江戸幻想批判』『恋愛の昭和史』『谷崎潤一郎伝――堂々たる人生』『川端康成伝――双面の人』『江藤淳と大江健三郎』『純文学とは何か』『歌舞伎に女優がいた時代』等多数。小説集に『悲望』『童貞放浪記』（映画化）『母子寮前』『ヌエのいた家』（以上二点、芥川賞候補）『東十条の女』がある。

蛍《ほたる》日和《びより》　小谷野敦小説集

二〇二三年七月二十三日　第一刷発行

著　者　小谷野敦

発行者　田尻　勉

発行所　幻戯書房

郵便番号一〇一 - 〇〇五二

東京都千代田区神田小川町三 - 十二

電　話　〇三 - 五二八三 - 三九三四

FAX　〇三 - 五二八三 - 三九三五

URL　http://www.genki-shobou.co.jp/

印刷・製本　中央精版印刷

定価はカバーの裏側に表示してあります。

ISBN978-4-86488-276-7　C0093

東十条の女　小谷野敦

自分とセックスしてくれた女に対しては、そのあと少々恐ろしい目に遭っていても、感謝の念を抱いている――婚活体験、谷崎潤一郎と夏目漱石の知られざる関係、図書館員と作家の淡い交流、歴史に埋もれた詩人の肖像（ポルトレ）など6篇。これが“純文学”だ。　2,200円

戦争育ちの放埒病　色川武大

銀河叢書　一度あったことは、どんなことをしても、終わらないし、消えない、ということを私は戦争から教わった――浅草をうろついた青春時代、「本物」の芸人を愛し、昭和を追うように逝った無頼派作家の単行本・全集未収録随筆群を初書籍化。阿佐田哲也の名でも知られる私小説作家の珠玉の86篇、愛蔵版。　4,200円

三博四食五眠　阿佐田哲也

たかが喰べ物を、凝りに凝ったところで舌先三寸すぎれば糞になるのは同じこと、とにかく美味しく喰べられればそれでいい――睡眠発作症（ナルコレプシー）に悩まされながら“呑む打つ喰う”の日々。二つの顔を持つ作家が遺した抱腹絶倒、喰っちゃ寝、喰っちゃ寝の暴飲暴食の記、傑作エッセイ、初刊行！　2,200円

行列の尻尾　木山捷平

銀河叢書　酒を愛し、日常の些事を慈しみながら、文学に生涯を捧げた私小説家・木山捷平。住居や食べもののこと、古里への郷愁、旅の思い出、作家仲間との交遊、九死に一生を得た満洲での従軍体験……。強い反骨心を秘めつつ、庶民の機微を飄逸に綴った名随筆から、単行本・全集未収録の89篇を初集成。　3,800円

ツェッペリン飛行船と黙想　上林 曉

喧騒なる環境の下に在つて、海底のやうな生活がしてみたいのだ――文学者としてのまなざし、生活者としてのぬくみ。“私小説家の肖像”。同人誌時代の創作から晩年の随筆まで、新たに発見された未発表原稿を含む、貴重な全集未収録作品125篇を初めて一冊に。**生誕110年記念・愛蔵版**　3,800円

自滅　尾﨑渡作品集

畜生の根性、火事場泥棒、人間の本当とは。「こうしたものを書くからには、その種の嘘偽りを禁じることを肝に銘じて、血でもって書く作家の本分として取り組んだ。結果それは私の家族を、友を、愛する人達を、傷つけることになっただろうか」。君も俺の黒い底……帰ってきた私小説。　2,000円